金瓶梅詞話
萬曆本
九

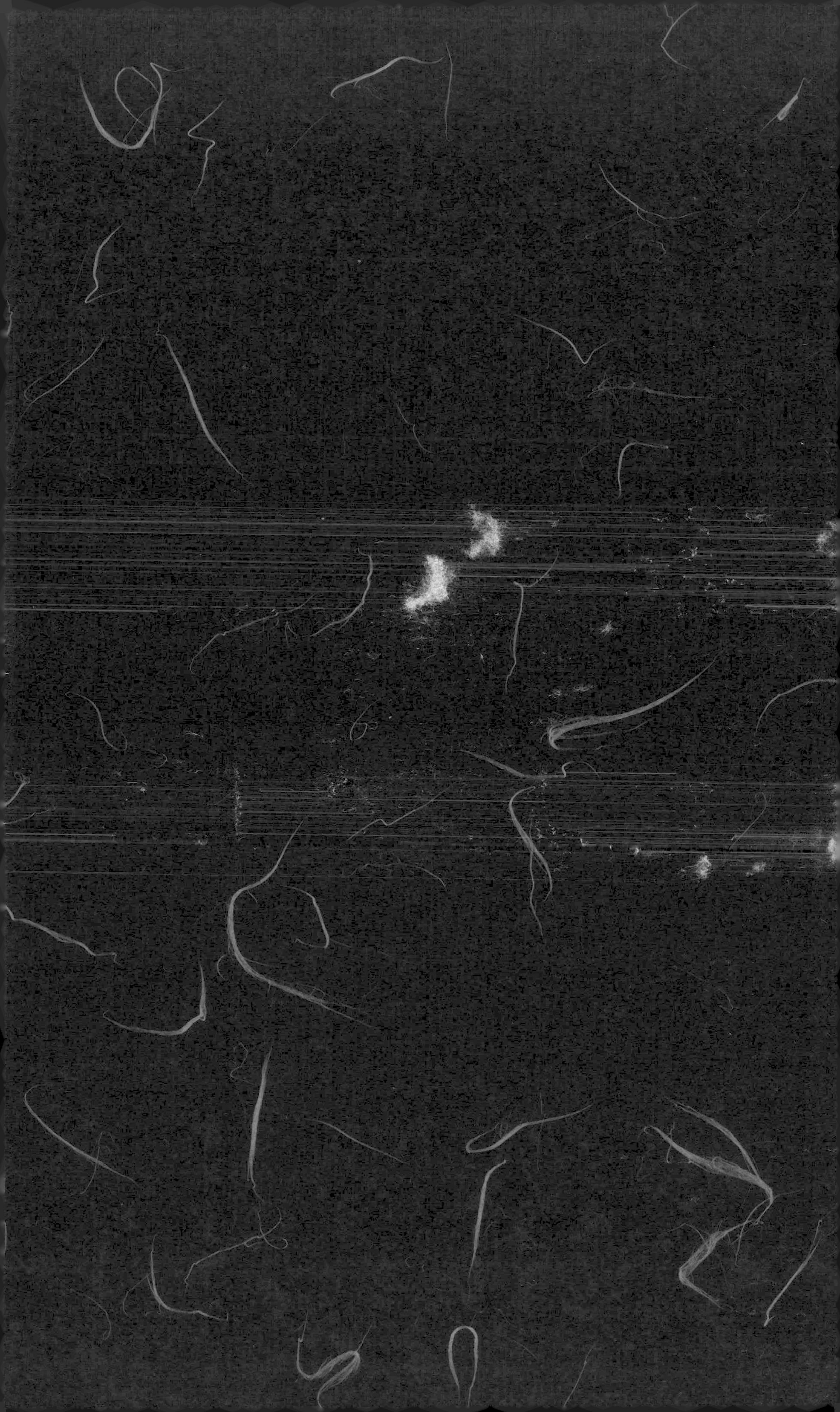

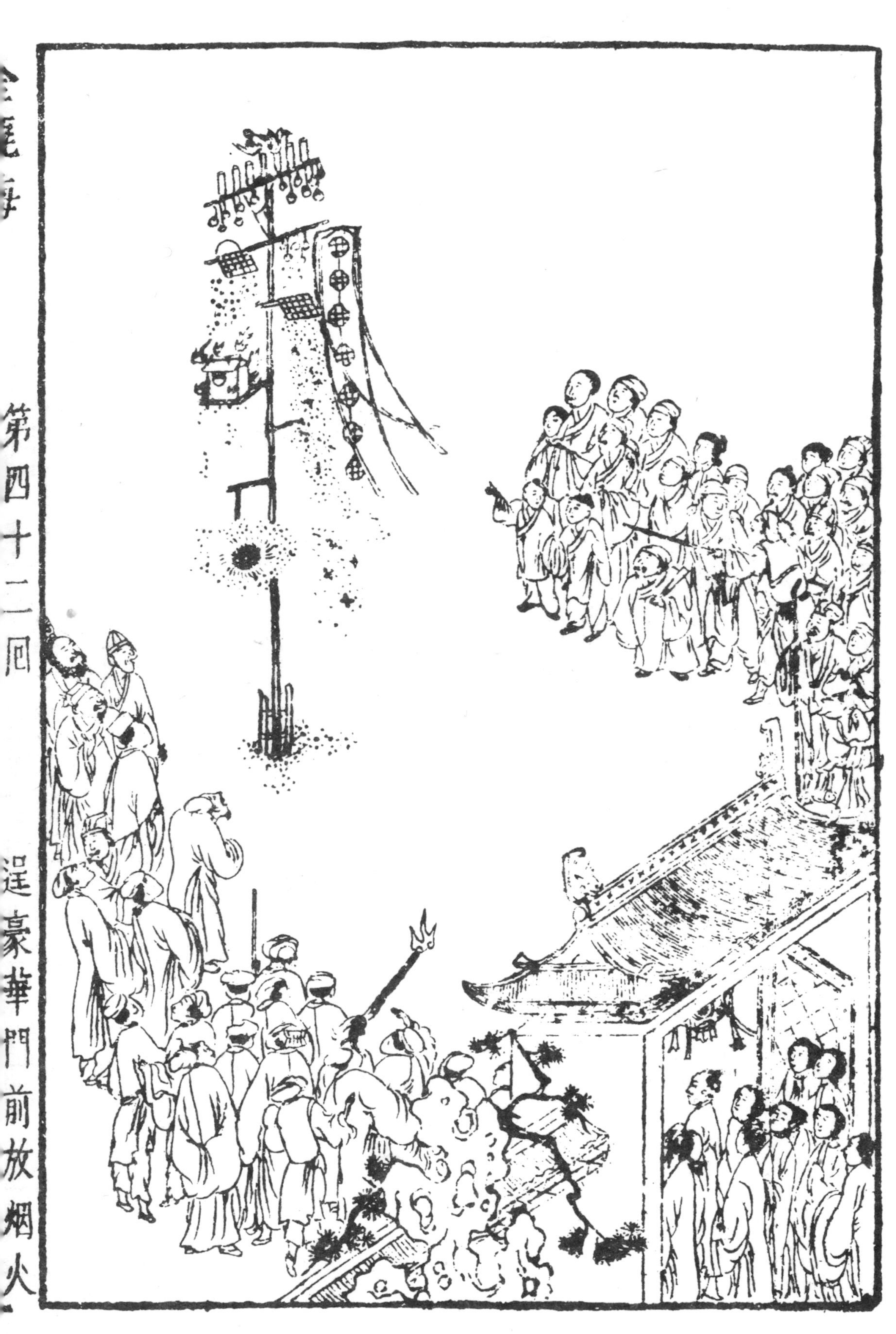

金瓶梅

第四十二回　逞豪華門前放烟火

賞元宵樓上醉花燈

第四十二回

豪家攔門玩烟火　貴家高樓醉賞燈

星月當空萬燭燒　人間天上兩元宵
樂和春奏聲偏好　人蹈衣歸馬亦嬌
易老韶光休浪度　最公白髮不相饒
千金博得斯須刻　分付譙更仔細敲

話說西門慶打發喬家去了。走來上房，和月娘、大妗子、李瓶兒商議。月娘道：他家既先來與咱家孩子送節，咱少不的也買禮過去，與他家長姐近節，就權爲揷定一般。月娘道：麽不差了禮數。大妗子道：咱這裡少不的立上個媒人，往來方便些。月娘道：是孔嫂兒，咱家安上誰好？西門慶道：一客不煩二主，就安上老馮。于是連忙寫了請帖八個。就叫了老馮來。教他同玳安拿請帖盒兒。十五日請喬老親家母。喬五太太。并尚舉人娘子。朱序班娘子。崔親家母。段大姐。鄭三姐來赴席與李瓶兒做生日。并吃看燈酒。一面分付來興兒拿銀子。早往糖餅鋪。早定下蒸酥點心。多用大方盤。要四盤蒸餅。兩盤菓餅。團圓餅。兩盤玫瑰元宵餅。買四盤鮮果。一盤李乾。一盤胡桃。一盤龍眼。一盤荔枝四盤羹肴。一盤燒鵞。一盤燒雞。一盤鴿子兒。一盤銀魚乾。兩套遍地錦羅段衣服。一件大紅小袍兒。一頂金絲縐紗冠兒。兩盞雲南羊角珍燈。一盒衣翠。一對小金手鐲。四個金寶石戒指兒。應伯爵來講李智黃四官銀子事。看見問其所以。西門慶告訴與喬大戶結親之事。十五日好歹請令正來陪親家坐的。伯爵道。嫂子呼喚。房下必定來。西門慶道。今日請衆堂官娘子吃酒。
十四日早裝盒担。教女婿陳經濟。和賁四穿青衣服。押送過去。
喬大戶那邊酒筵管待。重加荅賀。回盒中。回了許多生活鞋脚。
俱不必細說。且說那日院中吳銀兒。咱每往獅子街房子内。先
送了禮來。買了一盤壽桃。一盤壽麵。兩隻燒鴨。一副豕蹄。兩方
銷金汗巾。一雙女鞋來。與李瓶兒上壽。就拜乾兒相交。月娘收
了禮物。打發轎子回去。李桂姐。只到次日纔來。見吳銀兒在這
裡。悄悄問月娘。他多咱來了。月娘如此這般告他。說昨日送了
禮來。拜認你六娘做乾女兒了。李桂姐聽了。一聲兒沒言語。一
日只和吳銀兒使性衘。兩個不說話。却說前廳有王皇親家二
十名小厮唱戲。挑了箱子來。有兩名師父領着。先與西門慶磕

頭西門慶分付西廂房做戲房。管待酒飯。堂客到時。吹打迎接。太廳上玳筵齊整。錦茵匝地。先是周守備娘子。荊都監母親。荊太太。與張團練娘子。先到了。俱是大轎。排軍喝道。家人媳婦跟隨。裡邊月娘。衆姊妹。多穿着袍出來迎接。至後廳敘禮。與衆親相見畢。讓坐遞茶。等着夏提刑娘子到。纔擺茶。不料等的日中。還不見來。小廝邀了兩三遍。約午後時分。纔喝了道來。擡着衣匣。家人媳婦跟隨。許多僕從擁護。鼓樂接進去後廳。與衆堂客見畢禮數。依次席坐下。先在捲棚內擺茶。然後大廳上坐。春梅玉簫迎春蘭香。都是雲髻珠子纓絡兒。金灯籠墜。遍地錦比甲大紅段袍。翠藍織金裙兒。惟春梅宝石墜子。大紅遍地錦比甲兒。席上捧茶　斟酒。那日王皇親家樂。扮的是西廂記。不說畫堂

深處。珠圍翠繞。歌舞吹彈飲酒。單表西門慶那日。打發堂客坐
上茶。就騎馬約下應伯爵謝希大。往獅子街房裡去了。分付四
架烟火。拿一架那裡去。晚夕堂客根前放。兩架那裡樓上設放
圍屏桌席。掛上灯。旋叫了個廚子。生了火。家中抬了兩食盒下
飯菜蔬。兩坛金華酒。叫了兩個唱的。董嬌兒韓玉釧兒。原來西門
慶。先使玳安。顧下轎子。請王六兒同往獅子街房裡去。見婦人
爹說請韓大嬸。那裡晚夕看放烟火。那婦人笑道。我羞剌剌。怎
麼好去哩。你韓大叔知道不嗔。玳安道。爹對韓大叔說了。教你
老人家快收拾哩。若不是使了老馮來請你老人家。今日各宅
眾奶奶吃酒。六姐見他看哥兒那裡抹嘴去。見爹巴巴使了我
來。因叫了兩個唱的。沒人陪他。那婦人聽了。還不動身。一回只

見韓道國來家。玳安道。這不是韓大叔來了。韓大嬸這裡不信我說哩。婦人向他漢子說。真個教我去。韓道國道。老爹再三說兩個唱的。沒人陪他。請你過去。晚夕就看放烟火等你。還不收拾哩。剛纔教我把鋪子也收了。就晚夕一搭兒裡坐坐。保官兒也往家去了。晚夕該他上宿哩。婦人道。不知多咱纔散。你到那裡坐回就來罷。家裡沒人。你又不該上宿。說畢。打扮穿了衣服。玳安跟隨。逕到獅子街房裡來。胎妻一丈青。又早床房裡收拾乾淨。下床炕帳幔褥被。多是見成的。安息沉香。薰的噴鼻。香房裡吊着兩盞紗燈。地平上火盆裡籠着一盆炭火。婦人走到裡間炕上坐下。良久來昭妻一丈青。走出來。道了萬福。拿茶吃了。西門慶與應伯爵。看了回燈。纔到房子裡。兩個在樓上打雙陸。

樓上掛了六扇窓戶。掛着簾子。下邊就是灯市。十分熱閙。打了
回雙陸。收拾擺飯吃了。二人在簾裡。觀看燈市。但見

萬井人烟錦繡圍。香車駿馬閙如雷。
鰲山聳出青雲上。何處遊人不看來。

伯爵因問明日喬家那頭。幾位人來。西門慶道。有他家做皇親
家五太太。明日我又不在家。早辰從廟中上元醮。又是府裡周
菊軒那裡。請吃酒。西門慶是人叢裡謝希大。祝日念同一個戴
方巾的。在燈棚下看燈。指與伯爵瞧。因問那戴方巾。這個人你
不認的他。如何跟着他一答兒裡走。伯爵道。此人眼熟。不認的
他西門慶便吽玳安。你去下邊悄悄請了謝爹來。休教祝麻子。
和那人看見。玳安小厮眼裡說話。賊一直走下樓來。挨到人閙

裡。待祝日念。和那人先過去了。從傍邊出來。把謝希大拉了一把。慌的希大回身觀着。却是他玳安。道爹和應二爹在這樓上。請謝爹說話。希大道。你去。知道了。等陪他兩個到粘梅花處。就去見你爹。玳安便一道烟去了。不想到了粘梅花處。這希大向人鬧處。就扠過一邊。由着祝日念。和那一個人。只顧哩尋他。便走來樓上。見西門慶。應伯爵。二個作揖。因說道。哥來此看燈。早辰就不說。呼喚兄弟一聲。西門慶道。我早辰對衆人。不好邀你每的。已托應二哥。到你家請你去。請你不在家。剛纔祝麻子。沒看見你這裡來。因問那戴方巾的是誰。希大道。那戴方巾的。是王昭宣府裡王三官兒。今日和祝麻子到我家。央我同許不與先生那裡借三百兩銀子。央我和老孫祝麻子作保。要幹前程

入武學肄業。我那裡管他這閒帳。剛纔陪他燈市裡。走了走。聽
見哥使盛价呼喚。我只伴他到粘梅花處。交我乘人亂。就扠開
了。走來見哥。因問伯爵。你來多大回了。伯爵道。哥使我先到你
家。你不在。我就來了。和哥在這裡。打了這回雙陸。西門慶問道。
你吃了飯不曾。吽小廝拿飯來你吃。謝希大道。可知道哩。早辰
從哥那裡出來。和他兩個。搭了這一日。誰吃飯來。西門慶分付
玳安。廚下安排飯來。與你謝爹吃。不一時。搽抹卓兒乾淨。就是
春盤小菜。兩碗稀爛下飯。一碗𤓰肉粉湯。兩碗白米飯。希大獨
自一個。吃了裏外乾淨。剩下些汁湯兒。還泡了碗。吃了。玳安收
下家活去。希大在傍。看着兩個打雙陸。只見兩個唱的門首下
了轎子。擡轎的各提着衣裳包兒。笑進來。伯爵早已在窓裏看

見。說道兩個小淫婦兒。這咱纔來。分付玳安。且別教他往後邊去。先叫他樓上來。見我。希大道。今日叫的。是那兩個。玳安道是董嬌兒。韓玉釧兒。忙下樓說道。應二爹叫你說話。兩個那裡肯來。一直往後走了。見了一丈青拜了。引他入房中。看見王六兒。頭上戴着時樣扭心鬏髻兒。羊皮金箍兒。身上穿紫潞紬襖兒。玄色一塊瓦領披襖兒。白桃線綃裙子。下邊顯着趫趫兩隻金蓮。穿老鴉段子紗綠鎖線的平底鞋兒。拖的水鬓長長的。紫膛色。不十分搽鉛粉。學個中人打扮。耳邊帶着丁香兒。進門只望着他拜了一拜。多在炕邊頭坐了。小鐵棍拿茶來。王六兒陪着吃了。兩個唱的。上上下下。把眼只看他身上。看一回。兩個笑一回。更不知是什麼人。落後玳安進來。兩個唱的。悄悄問他每房中那一位是誰。玳安沒的回答。只說是俺爹大姨人家。接來這看燈。兩個聽的進房中。從新說道。俺每頭裡。不知是大姨。沒曾見的禮。休怪。于是挿燭。磕了兩個頭。慌的王六兒連忙還下半禮。落後擺上湯飯來。陪着同吃。兩個拿樂器。又唱與王六兒聽。伯爵打了雙陸。下樓來小淨手。聽見後邊唱。點手兒叫過玳安。問道。你告我說。兩個唱的。在後邊唱與誰聽。玳安只是笑。不做聲。說道。你老人家。曹州兵備。好管事寬。唱不唱。管他怎的。伯爵道。好賊小油嘴。你不和說。愁我不知道。玳安笑道。你老人家。知道罷了。又問怎的。說畢。一直往後走了。伯爵上的樓來。西門慶又與謝希大。打了三貼雙陸。只見李銘。吳惠。兩個驀地上樓來磕頭。伯爵道。好呀。你兩個來的正好。在那裡來。怎知道俺每。在這裡。李銘跪下。掩口說道。小的和吳惠先到宅裡來。宅裡說爹每在這邊房子裡擺酒。前來伏侍爹們。西門慶道。也罷。你起來伺候。玳安快往對門。請你韓大叔去。不一時。韓道國到了。作了揖坐下。一面收拾放卓兒。廚下拿春盤案酒來。琴童便在旁邊用銅布甑兒篩酒。伯爵與希大居上。西門慶主位。韓道國打橫。坐下。把酒來斟。一面使玳安後邊請唱的去。少頃韓玉釧兒董嬌兒。兩個慢條斯禮上樓來。望上不當不正。磕下頭去。伯爵罵道。我道是誰來。原來是這兩個小淫婦兒。頭裡知道我在這裡。我吽着。怎的不先來見我。這等大胆。到明日一家不與你個功德。你也不怕。董嬌兒咲道。哥兒那裡隔墻掠見腔兒。可不把我諕殺。韓玉釧道。你知道愛奴兒。掇着獸頭城以裡掠。好個丟醜兒的孩兒。伯爵道。哥你今日忒多餘了。有了李銘吳惠在這裡唱罷了。又要這兩個小淫婦做什麼。還不趁早打發他去。大節夜還赶幾個錢兒。等住回晚了。越發沒人要了。韓玉釧兒道。哥兒。你怎的沒着大爹。吽了俺每來答應。又不伏侍你。哥你怎的閑出氣。伯爵道。傻傻小刺骨兒。你見在這裡。不伏侍我。你說伏侍誰。韓玉釧道。唐胖子吊在醋缸裡。把你撅酸了。伯爵道。賊小淫婦兒。是撅酸了我。等住回散了家去時。我和你答話。我左右有兩個法兒。你原出得我手。董嬌兒問道。哥兒那裡兩個法兒說來我聽。伯爵道。我頭一個兒。對巡捕說了。拿你犯夜。到第二日我拿個拜帖兒。對你周爺說。櫻你一頓好櫻子。十分不巧。只消三分銀子燒酒。把擡轎的灌醉了。隨你這小淫婦兒去。天晚到家沒錢。不怕鴇子不打。管我腿事。韓玉釧道。十分晚了。俺每不去。在爹這房子裡睡。再不。教爹這裡差人。送俺每王媽媽支錢一百文。不在于你。好淡嘴。女又十撇兒。伯爵道。我是奴才。如今年程欺保了。拏三道三。說笑回。兩個唱的。在傍彈唱了春景之詞。衆人纔拿起湯飯來吃。只見玳安兒走來。報道祝爹來了。衆人多不言語。不一時。祝日念上的樓來。看見伯爵。和謝希大在上面。說道你兩個好吃。可成個人。因說謝子張。哥這裡請你。也對我說一聲兒。三不知就走的來了。教我只顧在粘梅花處那裡尋你。希大道。我也是慢行。纔撞見哥在樓上。和應二哥打雙陸。走上來作揖。被哥留住了。西門慶因令玳安兒。拏椅兒來。和我祝兄弟。在下邊坐罷。于是安放鍾筯在下席坐了。廚下拿了湯飯上來。一齊同吃。西門慶只吃了一個包兒呷了一口湯因見李銘在旁。都遞與李銘。遞下去吃了。那應伯爵謝希大祝日念韓道國。每人青花白地吃一大深碗。八寶攢湯。三個大包子。還零四個挑花燒賣。只留了一個包兒壓碟兒。左右收下湯碗去。斟上酒來飲酒。希大因問祝日念道。你陪他還到那裡纔拆開了。怎知道我在這裡。祝日念于是如此這般告說我因尋了你一回。尋不着。就同王三官。到老孫會了。往許不與先生那里借三百兩子去。乞孫寡嘴老油嘴。把借契寫差了。希大道你毋休寫上我。我不管。左右是你與老孫作保。討保頭錢使。因問怎的寫差了。祝日念道。我那等分付他。寫了文書。滑着些。立與他。三限纔還他這銀子。不依我。教我從新。把文書又改了。希大道。你文書上。怎麽寫着。念一遍我聽。祝日念道。依着了我這等寫。

立借契人王宷。係招宣府舍人。休說因爲要錢使用。只說要錢使用。憑中見人孫王化。祝日念作保。借到許不與先生名下。不要說白銀軟斯金三百兩。每月休說利錢。只說出納梅兒五百文。約至次年交還。別要題次年。只說約至三限交還那三限。頭一限。風吹轆軸打孤雁。第二限。水底魚兒跳上岸。第三限。水裏石頭泡得爛。這三限。交還他。平白寫了孩子點頭。那一年纔還他。我便說孩子點頭。倘忽遇着一年他動。怎了。敎我改了兩句。說道如借債人東西不在。代保人門面南北躲閃。恐後無憑。立此文契不用。到後又批了兩個字。後空

謝希大道你這等寫着還說不滑稽及到水裡石頭爛了時知
他和尚在也不在祝日念道你到說的好有一朝天旱水淺朝
廷挑河把石頭乞做功的夫子兩三鍬頭砍得稀爛怎了那裡
少不的還他銀子眾人說笑了一回看看天晚西門慶分付樓
上點起灯又樓簷前一邊一盞羊角玲灯甚是奇巧不想家中
月娘使棋童兒和排軍人擡送了四個攢盒多是美口糖食細
巧菓品也有黃烘烘金橙紅馥馥石榴甜磂磂橄欖青翠翠蘋
婆香噴噴水梨又有純蜜葢帶透糖大棗酥油松餅芝麻象眼
骨牌減煠蜜潤絛環也有柳葉糖牛皮纒端的世上稀奇寰中
少有西門慶叫棋童兒向前問他家中眾奶奶們散了不曾還
在那裡吃酒誰使你送來棋童道大娘使小的送來與爹這邊

下酒衆奶奶們還未散哩戲文扮了四摺大娘留住大門首吃酒看放烟火哩西門慶問有人看没有棋童道擠圍滿街人看西門慶道我分付下平安兒留下四名青衣排軍拏欄杆在大門首攔人伺候休放閑雜人挨擠棋童道小的與平安兒兩個同排軍多看放了烟火衆奶奶們七八散了大娘纔使小的來了並没閑雜人攪擾西門慶聽了分付把卓上飲饌多搬下去將攢盒擺上厨下拏上一道果餡元宵來兩個唱的在席前遞酒西門慶分付棋童囘家看去一面重篩美酒再設珍羞教李銘吳惠席前彈唱了一套燈詞雙調新水令

鳳城佳節賞元宵遶鰲山瑞雲籠罩見銀河星皎潔看天塹月輪高動一派簫韶開玳宴儘歡樂

川撥棹　花燈兒兩邊挑。更那堪一天星月皎。我到見綉帶風飄。寶蓋微搖。鰲山上燈光照耀。剪春蛾頭上挑。

第七兒　一壁廂舞着唱着。共彈着。驚人的這百戲其實妙。動人的高戲怎生學。笑人的院本其實笑。

梅花酒　呀一壁廂舞鮑老。仕女每打扮的清標。有萬種妖嬈更百媚千嬌。一壁廂舞迓鼓。一壁廂躧高撬。端的有笑樂。細氤氳蘭麝飄。笑吟吟。飲香醪。

喜江南　呀今日喜孜孜開宴賞元宵。玉纖慢撥紫檀槽。灯光明月兩相耀。照樓臺殿閣。今日個開懷沉醉樂淘淘。

唱畢。吃了元宵。韓道國先往家去了。少頃。西門慶分付來昭將樓下開下兩間。吊掛上簾子。把烟火架。擡出去。西門慶與衆人在樓上看。教王六兒陪兩個粉頭。和來昭妻一丈青。在樓下觀看。玳安和來昭。將烟火安放在街心裏。須臾點着。那兩邊圍看的。挨肩擦膀。不知其數。都說西門大官府。在此放烟火。誰人不來觀看。果然紮得停當好烟火。但見

一丈五高花樁。四圍下山棚熱鬧。最高處一隻仙鶴。口裡啣着一封丹書。乃是一枝起火。起去萃山律。一道寒光。直鑽透斗牛邊。然後正當中。一個西瓜砲迸開。四下裡人物皆着驚。剔剔萬個轟雷皆燎徹。彩蓮舫。賽月明。一個趕一個。猶如金燈沖散碧天星。紫葡萄。萬架千株。好似驪珠倒挂水晶簾箔。霸王鞭。到處响喨。地老鼠。串遶人衣。瓊盞玉臺。端的旋轉得好看。銀蛾金彈。施逞巧妙難移。八仙捧壽。名顯中通。七聖降

妖。通身是火。黃烟兒。綠烟兒氤氳籠罩萬堆霞。紫吐蓮。慢吐
蓮。燦爛爭開十段錦。一丈菊與烟蘭相對。火梨花共落地桃
爭春。樓臺殿閣。頃刻不見巍峩之勢。村坊社鼓。彷彿難聞歡
鬧之聲。貨郎扭兒。上下光焰齊明。鮑風車兒。首尾迸得粉碎。
五鬼鬧判。焦頭爛額見猙獰。十面埋伏。馬到人馳無勝負。總
然費却萬般心。只落得火滅烟消成煨燼。

玉漏銅壺且莫催　星橋火樹徹明開
萬般傀儡皆成妄　使得遊人一笑回

那應伯爵見西門慶有酒了。剛看罷烟火。下樓來見六兒在這
裡。推小淨手。拉着謝希大祝日念。也不辭西門慶就走了。玳安
便道。二爹那裡去。伯爵便向他耳邊說道。傻孩子。我頭裡說的

那本帳。我若不起身。別人也只顧坐着。顯的就不趣了。等你爹問你。只說俺每多跑了。落後西門慶。見烟火放了。問伯爵等那裡去了。玳安道。應二爹和謝爹。多一路去了。小的攔不回來。多上覆爹。西門慶就不再問了。因叫過李銘吳惠來。每人賞了一大巨杯酒。與他吃。分付我且不與你唱錢。你兩個到十六日。早來荅應。還是應二爹三個。并衆夥計當家兒。晚夕在門首吃酒。李銘跪下。道小的告禀爹。十六日。和吳惠左順鄭奉三個。多往東平府新陞的。胡爺那裡。別任官身去。只到後晌纔得來。西門慶道。左右俺每晚夕纔吃酒哩。你只休悞了就是了。二人道。小的並不敢悞。於是跪着吃畢酒。出門拜辭西門慶。分付明日家中堂客擺酒。李桂姐吳銀姐。多在這裡。你兩個好歹來走一走。

與兩個唱的。一同出門。不在話下。西門慶分付來昭、玳安、琴童看着收家活。滅息了燈燭。就往後邊房裡去了。且說來昭兒子小鐵兒。正在外邊看放了烟火。見西門慶進去了。于是來樓上見他爹老子。棹一盤子襍合的肉菜。一甌子酒。和些元宵。拿到屋裡。就問他娘一丈青手裡挐着燒胡兒子。被他娘打了兩下。不防他走在後邊院子裡頑耍。只聽正面房子裡笑聲。只說唱的還沒去哩。見房門關着。于是眼裡望裡張看。見房裡掌着灯燭。原來西門慶和王六兒兩個在床沿子上行房。西門慶巳有酒的人。把老婆倒按在床沿上。灯下褪去小衣。那話上使着托子。幹後庭花。一手一陣。往來擺打。何止數百回。擺打的連聲响喨。其喘息之聲。往來之勢。猶賽折床一般。無處不聽見。這小孩子。正在那裡明覷。不防他娘一丈青走來後邊。看見他孩子。揪着頭角兒揪到那前邊。鑿了兩個栗爆。罵道賊禍根子。小奴才兒。你還少第二遭死。又往那裡聽他去。于是與了他幾個元宵。吃了。不放他出來。就唬住他上炕睡了。西門慶和老婆足幹搗有兩頓飯時。纔了事。玳安打發擡轎的酒飯吃了。跟送他到家。然後纔來。同琴童兩個。打着燈兒。跟西門慶家去。正是不愁明月盡。自有暗香來。有詩爲證。

南樓玩賞頓忘歸　揔有風流得幾時
回來明月三更轉　不覺歡娛醉似泥

畢竟未知後來如何。且聽下回分解。

金瓶梅

第四十三回

爭寵愛金蓮鬬氣

賣富貴吳月攀新

第四十三回

爲失金西門慶罵金蓮　因結親月娘會喬太太

細推今古事堪愁　貴賤同歸土一丘
漢武玉堂人豈在　石家金谷水空流
光陰自旦還將暮　艸木從春又到秋
閑事與時俱不了　且將身入醉鄉遊

話說西門慶歸家。已有三更時分。到于後邊吳月娘還未睡。正和吳大妗子衆人坐着說話。見李瓶兒。還伺候着與他遞酒大妗子見西門慶來家。就過那邊屋裡去了。月娘見他有酒了。打發他脫了衣裳。只教李瓶兒與他磕了頭。同坐下。問了回今日酒席上話。玉簫點茶來吃。因有大妗子在。就往孟玉樓房中歇了一夜。到次日廚役早來。收拾擡辦酒席。西門慶先到衙門中拜牌。大發放。夏提刑見了。致謝昨房下厚擾之意。西門慶道日昨甚是簡慢。恕罪恕罪。來家有喬大戶家。使了孔嫂兒引了喬五太太那裡家人。送禮來了。一罈南酒。四樣餚品。西門慶收了。管待家人酒飯。孔嫂兒進裡邊。月娘房裡坐的。吳舜臣媳婦兒。鄭三姐轎子先來了。拜了月娘。衆人多陪着孔嫂兒吃茶。正值李智黃四。関了一千兩香蠟銀子。賁四從東平府。押了來家。應伯爵打聽得知。亦走來帮扶交與西門慶。令陳經濟拿天平在廳上。盤秤兌明白收了。還欠五百兩。又銀一百五十兩利息。當日黃四。拿出四錠金鐲兒來。重三十兩。筭一百五十兩之數。別的搗換了合用。西門慶分付二人。你等過灯節。再來計較。我連日家中有事。那李智黃四老爹長。老爹短。千恩萬謝出門。應伯爵因記掛着二人。許了他些業障兒。趂此攛會。好問他。正要跟隨同去。又被西門慶叫住說話。西門慶因問昨日。你每三個怎的三不知。不和我說。就走了。我使小廝落後趕你不着了。伯爵道昨日甚是深擾哥。本等酒勾多了。我見哥也有酒了。今日嫂子家中擺酒。已定還等哥說話。俺每不走了。還只顧纏到多咱。我猜哥今日也沒得往衙門裡去。本等連日辛苦。西門慶道。我昨日來家。已有三更天氣。今日還早到衙門。拜了牌。坐廳大發放。理了囘公事。如今家中治料堂客之事。今日觀裡打上元醮。拈了香囘來。還赶了往周菊軒家吃酒去。不知到多咱。纔得來家。伯爵道。還是虧哥好神思。你的大福。不是面獎。若是第二個也成不的。兩個說了一回。西門慶要留伯爵吃飯。伯爵道。我不吃飯去罷。西門慶又問嫂子怎的不來。伯爵道。房下轎子。已叫下來便來也。舉手作辭出門。一直赶往李智黃四去了。正是假饒駕霧騰雲術。取火鑽氷只要錢。却說西門慶。打發伯爵去了。把手中拿着黃烘烘四錠金鐲兒。心中甚是可愛。口中不言。心裡暗道。李大姐。生的這孩子。甚是脚硬。一養下來。我平地就得此官。我今日與喬家結親。又進這許多財。于是用袖兒。抱着那四錠金鐲兒。也不到後邊。徑往花園內李瓶兒房裡來。正往潘金蓮角門首所過。只見金蓮正出來看見。叫住問道。你手裡托的是什麼東西兒。過來我瞧瞧。那西門慶道。等我回來與你瞧。托着一直往李瓶兒那邊去了。這婦人見叫不回他來。心中就有幾分羞訕。說道什麼罕稀貨。忤的這等謊人子。剌剌的。不與我瞧罷。賊跌折腿的。三寸貨強盜。正麼剛遂進他門去。正走着。矻齊的。把那兩條腿撞折了。纔見報了我的眼。却說西門慶。拿着金子。走入李瓶兒房裡。見李瓶兒纔梳了頭。妳子正抱着孩子頑耍。西門慶一徑裡。把那四個金鐲兒抱着。教他手兒擶弄。李瓶兒道。是那裡的。只怕冰了他手。西門慶。悉把李智黃四。今日還銀子。准折利錢。約這金子。這李瓶兒。生怕冰着他。取了一方通花汗巾兒。與他熱着耍子。只見玳安走來。說道雲夥計。騎了兩疋馬來。在外邊。請爹出去瞧。西門慶問道。雲夥計。他是那裡的馬。玳安道。他說是他哥雲參將。邊上稍來的馬。只說會行。正說着。只見後邊李嬌兒。孟玉樓。陪着大妗子。并他媳婦兒。鄭三姐。多來李瓶兒房裡。看官哥兒。西門慶去下那四錠金子。就往外邊大門首。看馬去了。李瓶兒見眾人來到。只顧與眾人見禮。讓坐。也就忘記了孩子。拿着這金子。弄來弄去。少了一錠。只見奶子如意兒問李瓶兒。說道娘。沒曾收哥兒耍的那錠金子。只三錠。少了一錠了。李瓶兒道。我沒曾收。我把汗巾子替他裹着哩。如意兒道。汗巾子也落在地下了。我料來那裡得那錠金子來。屋裡就亂起來。奶子問迎春。迎春就問老馮。老馮道。耶嚛耶嚛。我老身就瞎了眼。也沒看見。老身在這裡恁幾年。就是折針。我也不敢動。娘。他老人家知道。我就是金子我老身也不愛。你每守着哥兒。沒的冤枉起我來了。李瓶兒笑道。你看這媽媽子說混話。這裡不見的。不是金子。卻是什麼。又罵迎春賊臭肉。平自亂的是些什麼。等你爹進來。等我問他。只怕是你爹收了。怎的只收一錠兒。孟玉樓問道。是那裡金子。李瓶兒道。是他爹外邊拿來的與孩子耍。誰知道是那裡的。不想西門慶在門首看了一回馬。衆夥計家人。多在跟前。教小廝來回騎溜了兩遭。西門慶雖是兩疋東路來的馬。鬃尾醜。不十分會行。論小行也罷了。因問雲夥計道。此馬你令兄那裡要多少銀子。雲離守道。兩疋只要七十兩。西門慶道。也不多。只是不會行。你還牽了去。另有好馬騎來。倒不說銀子。說畢。西門慶進來。只見琴童來請。六娘房裡。請爹哩。于是走入李瓶兒房裡來。李瓶兒問他金子。你收了一錠去了。如何只三錠在這裡。西門慶道。我丟下。就出來了。外邊看馬。誰收那錠來。李瓶兒道。你沒收。却往那裡去了。尋了這一日。沒有。㚥子推老馮。急的那老馮。賭身罰咒只是哭。西門慶道。端的是誰。拿了。由他慢慢兒尋罷。李瓶兒道。頭裡要尋。已後邊和大㚥子女兒兩個來時亂着。就忘記了。我只說你收了出去。誰知你也沒收。就兩躭了。尋起來。謊的他們多走了。干是把那三錠還交與西門慶收了。正值賁四傾了一百兩銀子來。交西門慶。往後邊收兌銀子去。且說潘金蓮聽見李瓶兒這邊攘。不見了孩子耍的一錠金鐲子。得不的風兒就是雨兒就先走來房裡。告月娘說。姐姐你看三寸貨幹的營生。隨你家怎的有錢。也不該拿金子。與孩子耍。月娘道。剛纔他每告我。說他房裡。好不翻亂。說不見了金鐲子。端的不知那裡的金鐲子。金蓮道。誰知他是那裡的。你還沒見他頭裡從外邊拿進來。那等用襖子袖兒托着。恰是八蠻進寶的一般。我問他是什麽。拿過來我瞧瞧。頭兒也不囘。一直奔命往屋裡去了。遲了一回反亂起來。說不見了一錠金子。乾净就是他學三寸貨。說不見了由他。慢慢兒尋罷。你家就是王十萬。也使不的。一錠金子。至少重十來兩。也值個五六十兩銀子。平白就罷了。瓮裡走了鱉。左右是他家一窩子。再有誰進他屋裡去。正說着。只見西門慶進來。兌收賁四傾的銀子。把剩的那三錠金子。交與月娘收了。因告訴月娘。此是李智黃四還的。這四錠金子。拿到與孩子耍了耍。就不見了一定。分付月娘。你與我把各房裡了頭。叫出來審問審問。我使小廝街上買狠觔去了。早拿出來便罷。不然我就教狠觔抽起來。月娘道論起來。這金子也不該拿與孩子。沉甸甸氷着他怕一時砸了他手脚怎了。潘金蓮在旁。接過來說道不該拿與孩子耍。只恨拿不到他屋裡。頭裡叫着。想回頭也怎的。恰似紅眼軍搶將來的。不教一個人兒知道。這回不見了金子。虧你怎麼有臉兒來對大姐姐說。教大姐姐替你查考。各房裡丫頭。教各房裡丫頭口裡不笑毬罷了。也唆幾句。說的西門慶急了。走向前。把金蓮按在月娘炕上。提起拳來。罵道狠殺我罷了。不看世界面上。把你這小歪刺骨兒。就一頓拳頭打死了。單管嘴尖舌快的。不管你事。也來插一脚。那潘金蓮就假做喬張就哭將起來。說道我曉的。你倚官仗勢。倚財為主。把心來横了。只欺負的是我。你說你這般把這一個半個人命兒打死了。不放在意裡。那個爛着你手兒哩不成。你打。不是有的。是我隨你怎麽打。難得只打的有這口氣兒在着。若没了。愁我家那病媽媽子來。不問你要人。隨你家怎麽有錢有勢。和你家一來一狀你說你是衙門裡千戶。便怎的無故只是個破紗帽。債殼子。窮官罷了。能禁的幾個人命耳。就不是教皇帝敢殺下人也怎的幾句。說的西門慶反呵呵笑了。說道你有這原來小㨫刺骨兒這等刀嘴。我是破紗帽窮官。教丫頭取我的紗帽來。我這紗帽那塊兒放着破。這裡清河縣問聲。我少誰家銀子。你說我是債殼子。金蓮道。你怎的叫我是㨫刺骨來。因蹺起一隻脚來。你看老娘這脚。那些兒放着歪。你怎罵我是㨫刺骨。那刺骨也不怎的。月娘在旁咲道。你兩個銅盆撞了鐵刷帚。常言惡人見了惡人磨。見了惡人没奈何。自古嘴強的爭一步。六姐也虧你這個

嘴頭子。不然嘴鈍些兒也成不的。那西門慶見李何不過他穿
了衣裳。往外去了。迎見玳安來。說周爹家差人邀來了。備馬了。
請問爹先往打醮處去。往周爺家去。西門慶分付打醮處。教你
姐夫去罷。到了那裡。拈了香。快來家裡看伺候馬。我往你周爺
家吃酒去。就是了。說書童兒。拿冠帶過來。打發穿了。繫上帶。只
見王皇親家。扮戲兩個師父。率衆過來。與西門慶叩頭。西門慶
教書童看飯與他吃。說今日你等用心唱伏侍衆奶奶。我自有
重賞。休要上邊打箱去。那師父跪下說道。小的每。若不用心答
應。豈敢討賞。西門慶因分付書童。他唱了兩日。連賞賜封下五
兩銀子賞他。書童應諾。小的知道了。西門慶就上馬。往周守備
家吃酒去了。单表潘金蓮在上房陪吳妗子坐的。吳月娘便說。

你還不往屋裡勻勻那臉去揉的恁紅紅的等住回人來看着
什麼張致誰教你惹他來我倒替你捏兩把汗若不是我在根
前勸着挪石鬼是也有幾下子打在身上漢子家臉上有狗毛
不知好歹只顧下死手的和他起來了不見了金子隨他不見
去尋不尋不在你又不在你屋裡不見了平白扯着脖子和他
強怎麼你也丟了這口氣兒罷幾句說的金蓮閉口無言往屋
裡勻臉去了不一時只見李瓶兒和吳銀兒多打扮出來到月
娘房裡月娘問他金子怎的不見了剛纔惹得他爹和六姐兩
個在這裡好不辨了這回嘴差些兒沒曾辨惱了打起來乞我
勸開了他爹便往人家吃酒去了分付小廝買狼觔去了等他
晚上來家要把各房丫頭抽起來你屋裡丫頭老婆管着那一

門兒來。就看着孩子耍。便不見了他一錠金子。是一個半個錢的東西兒也怎的。李瓶兒道。平白他爹。拿進四錠金子來。與孩子耍我亂着陪大妗子。和鄭三姐。並他二娘坐着說話。誰知就不見了一錠。如今丫頭推妳子。妳子推老馮。急的那媽媽哭哭啼啼。只要尋死。無眼難明勾當。如今寃誰的是。吳銀兒道。天麽天麽早是今日。我在好。每常我還和哥兒耍子。這邊屋裡梳頭。没曾過去。不然難爲我了。雖然爹娘不言語。你我心上何安。誰人不愛錢。俺裡邊人家最忌叫這個名聲兒。傳出去醜聽。正說着。只見韓玉釧兒董嬌兒兩個擺着衣包兒進來。笑嘻嘻先向月娘大妗子。李瓶兒磕了頭。起來望着吳銀兒拜了一拜。說道銀姐。昨已來了。没家去。吳銀兒道。你兩個怎的曉得。董嬌兒道昨日俺兩個都在燈市街房子裡唱來。大爹對俺們說，教俺今日來唱伏侍奶奶。一面月娘讓他兩個坐下。須臾小玉拏了兩盞茶來。那韓玉釧兒董嬌兒連忙立起身來接茶，還望小玉拜了一拜。吳銀兒因問你兩個昨日唱多咱散了。韓玉釧道，俺們到家也有二更多了。同你兄弟李銘都一路去來。說了一回話，月娘分付玉簫早些打發他們吃了茶罷，等住回只怕那邊人來忙了。一面放下桌兒，兩方春槅，四盒茶食。月娘使小玉你二娘房裡請了桂姐來，同吃了茶罷，不一時，和他姑娘來到。兩個各道了禮數坐下，同吃了茶，收過家活去。忽見迎春打扮着，抱了官哥兒來。頭上戴着金梁段子八吉祥帽兒，身穿大紅氅衣兒，下邊白綾襪兒段子鞋兒，胸前項牌符索，手上小金鐲兒，李

瓶兒看見說道小大官兒沒人請你來做甚麼一面接過來放
在膝蓋上看見一屋裡子把眼不住的看了這頭看那一個桂
姐坐在月娘炕上笑引鬪他耍子道哥子只看就這裡想必只
要我抱他於是用手引了他引兒那孩子就撲到懷裡教他抱
着吳大妗子咲道恁點小孩兒他也曉的愛好月娘接過來說
他老鬪是誰到明日大了管情也是小飄頭兒孟玉樓道若做
了小飄頭兒教大媽媽就打死了那李瓶兒道小廝你姐姐抱
只休溺了你姐姐衣服我就怕打死了那桂姐道耶嚛怕怎麼
溺了也罷不妨事我心裡要抱哥兒耍耍兒于是與他兩個嘴
搵嘴兒耍子只見孟玉樓也來了董嬌兒韓玉釧兒下來行禮
畢坐下說道俺兩個來了這一日還沒曾唱個兒與娘們聽因

叫小玉姐。你取樂器來。等俺唱。那小玉便取箏和琵琶。遞與他二人。當下韓金釧兒琵琶。董嬌兒彈箏。吳銀兒也在旁邊陪唱。於是唱了一套。繁華滿月開。金索掛相(梧)桐。唱出一句來。端的有落塵遶梁之聲。裂石流雲之響。把官哥兒諕的在桂姐懷裏只磕倒着。再不敢擡頭。出氣兒。月娘看見。便叫李大姐。你接過孩子來。教迎春抱的屋裏去罷。好箇不長俊的小厮。你看諕的那臉兒。這李瓶兒連忙接過來。教迎春掩着他耳朶。抱的往那邊房裏去了。於是四個唱的。齊合着聲兒。唱這一套詞道。

繁花滿月開。錦被空閑在。劣性寃家。悞得我忒毒害。我前生少欠他今世裏相思債。廢寢忘飧。倚定門兒待。房櫳靜悄如何捱。

(罵玉郎)冷清清房櫳靜悄如何捱。獨自把幃屏倚。知他是甚情懷。想當初同行同坐同懽愛。到如今孤另另怎別劃。愁感戚酒倦釃羞慘慘花慵戴。

(東甌令)花慵戴酒倦釃。如今曾約前期不見來。都應是他在那裡那裡貪歡愛。物在人何在。空勞魂夢到陽臺。只落得淚盈腮。

(感皇恩)呀。只落得兩淚盈腮。都應是命裡合該。莫不是你緣薄。咱分淺都應是一般運拙時乖。怎禁那攪閒人是非。施巧計裁排。廝摔碎合歡帶。破分開鸞鳳釵。水淹浸楚陽臺。

(針線廂)把一床絃索塵埋。兩眉峯不展開。香肌瘦損愁無奈。懶刺繡傍粧臺。舊恨新愁教我如何捱。我則怕蝶使蜂媒不再來。臨鸞鏡也問道朱顏未改他又早先改。

〔採茶歌〕改朱顏瘦了形骸。冷清清怎生捱。我則怕梁山伯不戀祝英臺。他若是背義忘恩尋罪責。我將那盟山誓海說的明白。

〔解三酲〕頓忘了盟山誓海。頓忘了音書不寄來。頓忘了枕邊許多恩和愛。頓忘了素體相挨。頓忘了神前兩下千千拜。頓忘了表記香羅紅繡鞋。說將起旁人見了。珠淚盈腮。

〔烏夜啼〕俺如今相離三月如隔數載。要相逢甚日何年再。則我這瘦伶仃形體如柴。甚時節還徹了相思債。又不見青鳥書來。黃犬音乖。每日家病懨懨懶去傍粧臺。得團圓便把神羊賽。意斷捜心相愛。早成了鸞交鳳友。省的着蝶笑蜂猜。

尾聲把局兒牢鋪擺。情人終久再歸來。美滿夫妻百歲諧。

四個唱的。正唱着。只見玳安進來。月娘便問。你邀請的衆奶奶們。怎的這咱還不見來。玳安道。小的到喬親家娘。那邊邀來。朱奶奶尚舉人娘子。都過喬親家娘家來了。只等着喬五太太到了。就往咱這裡來。月娘分付。你就說與平安兒小厮說教他在大門首看着。等奶奶們轎子到了。就先進來說。玳安道大門前邊大廳上鼓樂迎接哩。娘們都收拾伺候就是了。月娘分付玳安。後廳明間。鋪下錦毯。安放坐位。捲起簾來。金鈎雙控。蘭麝香飄。春梅迎春。玉簫蘭香。都打扮起來。家人媳婦。都插金戴銀披紅垂綠。准備迎接新親。只見應伯爵娘子兒應二嫂。先到了。應寶跟着轎子。月娘等迎接進來。見了禮數。明間內坐下。向月娘拜了又拜。說俺家的常時打攪這裡。多蒙看顧。良久。只聞唱道之聲漸近。月娘道。妳娘好說。常時累你二爹。前廳鼓樂响動。平安兒先進來報道。喬太太轎子到了。須臾黑壓壓一羣人。跟着五頂大轎。落在門首。惟喬五太太轎子在頭裡。轎上是垂珠銀頂。天青重沿綃金走水轎衣。使藤棍喝路。後面家人媳婦坐小轎跟隨。四名校尉。擡衣箱火爐。兩箇青衣家人。騎着小馬。後面隨從。其餘者。就是喬大戶娘子。朱臺官娘子。尚舉人娘子。崔大官媳婦。段大姐。并喬通媳婦。也坐着一頂小轎。跟來收疊衣裳。吳月娘這裡。穿大紅五彩遍地錦。百獸朝麒麟段子通袖袍兒。腰束金鑲寶石鬧粧。頭上寶髻巍峩。鳳釵雙插。珠翠堆滿。胸前繡帶垂金。項牌錯落。裙邊禁步明珠。與李嬌兒孟玉樓。潘金蓮李瓶兒孫雪娥。一箇箇打扮的似粉粧玉琢。錦繡耀目。都出二門迎接。只見衆堂客。簇擁着喬五太太進來。生的五短身材。約七旬多年紀。戴着疊翠寶珠冠。身穿大孔宮繡袍兒。近面視之。鬢髮皆白。正是眉分八道雪。髻綰一窩絲。眼如秋水微渾。鬢似楚山雲淡。接入後廳。先與吳大妗子敘畢禮數。然後與月娘等廝見。月娘再三請太太受禮。太太不肯。讓了半日。止受了半禮。次與喬大戶娘子。又敘其新親家之禮。彼此道及欵曲。謝其厚儀已畢。然後向錦屏正面。設放一張錦裀座位。坐了。喬五太太其次坐。就讓喬大戶娘子。喬大戶娘子再三辭說。姪婦不敢與五太太上僭。讓朱臺官尚舉人娘子。兩箇又不肯。彼此讓了半日。喬五太太坐了首座。其餘客東主西。兩分頭坐了。當中大方

爐火廂籠起火來。堂中氣煖如春。春梅迎春玉簫蘭香。一般兒
四箇丫頭。都打扮起來。身上一色都大紅粧花段襖兒藍織金
裙。綠遍地金比甲兒。在根前遞茶。良久。喬五太太對月娘說。請
西門大人出來拜見。敘敘親情之禮。月娘道。拙夫今日衙門中
理公事去了。還未來家哩。喬五太太道。大人居于何官。月娘道
乃一介鄉民。蒙朝廷恩例實授千戶之職。見掌刑名。寒家與親
家那邊結親實是有玷。喬五太太道。娘子說那裡話。似大人這
等崢嶸也殼了。昨日老身聽得舍姪女與府上做親。心中甚喜
今日我來會會。到明日席上好廝見。月娘道。只是有玷老太太
名目。喬五太太道。娘子是甚怎說話。想朝廷不與庶民做親哩
老身說起來話長。如今當今東宮貴妃娘娘。係老身親姪女兒

他父母都没了。止有老身老頭兒在時。曾做世襲指揮使。不幸五十歲故了。身邊又無兒孫輪着輪着別門姪。另替了。手裡没錢。如今倒是做了大戶。我這箇姪兒雖是差役立身。頗得過的日子。庶不玷污了門戶。說了一回。吳大妗子對月娘說抱孩子出來與老太太看看。討討壽。李瓶兒慌的走去。到房裡分付奶子。抱了官哥來。與太太磕頭。喬太太看了。誇道好箇端正的哥哥。即叫過左右。連忙向毡包內。打開。捧過一端宮中紫閃黃錦段。并一付鍍金手鐲。與哥兒戴。月娘連忙下來拜謝了。請去房中換了衣裳。須臾前邊捲棚內安放四張卓席擺下茶。每卓四十碟。都是各樣茶果。甜食美口。菜蔬蒸酥點心。細巧油酥餅饊之類。兩邊家人媳婦丫頭侍奉伏侍。不在話下。吃了茶。月娘就去後邊山子花園中。開了門。遊玩了一回下來。那時陳經濟。打瞧去。吃了午齋回來了。和書童見玳安兒。又早在前廳擺放卓席齊整請衆奶奶們遞酒上席。端的好筵席。但見

屏開孔雀。褥隱芙蓉。盤堆異果奇珍。瓶插金花翠葉。爐焚獸炭。香裊龍涎。器列象州之古玩。簾開合浦之明珠。白玉碟高堆麟脯。紫金壺滿貯瓊漿。煮猩唇。燒豹胎。果然下筯了萬錢。烹龍肝。炮鳳髓。端的獻時品滿座。梨園子弟。簇捧着鳳管鸞簫。內院歌姬。緊按定銀箏象板。進酒佳人雙洛浦。分香侍女兩嫦娥。正是兩行珠翠列堦前。一派笙歌臨座上。

須臾吳月娘。與李瓶兒遞酒。堦下戲子鼓樂響罷。喬太太與衆親戚。又親與李瓶兒把盞祝壽。李桂姐。吳銀兒。韓玉釧兒。董嬌

兒四個唱的。在席前錦瑟銀箏。玉面琵琶。紅牙象板。彈唱起來。唱了一套壽比南山。下邊鼓樂響動。戲子呈上戲文手本。喬五太太分付下來。教做王月英元夜留鞋記。厨役上來獻小割。燒鵝。賞了五錢銀子。比及割凡五道。湯陳三獻。戲文四摺下來。天色已晚。堂中畫燭流光者如山疊。各樣花燭都點起來。錦帶飄飄。彩繩低轉。一輪明月。從東而起。照射堂中。燈光掩映。來興媳婦惠秀。與來保媳婦惠祥。每人拏着一方盤。果餡元宵。都是銀鑲茶鍾。金杏葉茶匙。放白糖玫瑰。馨香美口。走到上邊。春梅迎春。玉簫蘭香四人。分頭照席捧遞。甚是禮數周詳。舉止沉穩。堦下動樂。琵琶箏箓笙簫笛管。吹打了一套燈詞畫眉序。花月滿春城。唱畢。喬太太和喬大戶娘子。叫上戲子。賞了兩包。一兩銀子。四個唱的。每人二錢。月娘又在後邊明間內。擺設下許多果碟兒。留後座。四張卓子。都堆滿了。唱的唱。彈的彈。又吃了一回酒。喬太太再三說晚了。要起身。月娘衆人款留不住。送在大門首。又攔了遞酒。看放烟火。兩邊街上看的人。鱗次蜂趼一般。平安兒同衆排軍。執棍攔擋。再三還湧擠上來。須臾放了一架烟火。兩邊人散了。喬太太和衆娘子。方纔拜辭月娘等起身。上轎去了。那時已有三更天氣。然後又送應二嫂起身。月娘衆姊妹歸到後邊來。分付陳經濟。來興。書童。玳安兒。看着廳上。收拾家活。管待戲子。并兩個師範酒飯。與了五錢銀子唱錢。打發去了。月娘分付出來。剩攢下一卓餚饌。半罈酒。請傅夥計。賁四。陳姐夫。說他們管事辛苦。大家吃鍾酒。就在大廳上。安放一張卓兒你爹不知多咱纔回。於是還有殘燈未盡。當下傳夥計賁四。經濟來保上坐。來興書童。玳安平安打橫。把酒來斟。來保叫平安兒。你還委箇人大門首。怕一時爹回。沒人看門。平安道。我教畫童看着哩。不妨事。於是八箇人。猜枚飲酒。經濟道。你每休猜枚大驚小唱的。惹後邊聽見。咱不如悄悄行令兒耍子。每人要一句。說的出免罰。說不出罰一大盃酒。該傳夥計先說。堪笑元宵草物。賁四道。人生歡樂有數。經濟道。趁此月色燈光。來保道。咱且休要辜負。來興道。纔約嬌兒不在。書童道。又學大娘分付。玳安道。雖然剩酒殘燈。平安道。也是春風一度。衆人念畢。呵呵笑了。正是飲罷酒闌人散後。不知明月轉梅梢。畢竟未知後來如何。且聽下回分解。

第四十四回　避馬房侍女偷金

下象棋佳人消夜

第四十四回

吳月娘留宿李桂姐　西門慶醉拶夏花兒

窮途日日困泥沙　上苑年年好物華
荊林不當車馬道　管絃長奏絲羅家
王孫草上悠揚蝶　少女風前爛熳花
懶出任從愁子笑　入門還是舊生涯

話說經濟。同傳夥計衆人。前邊吃酒。吳大妗子轎子來了。收拾要家去。月娘欵留。再三說道嫂子。再住一夜兒明日去罷。吳大妗子道。我連在喬親家那裡。就是三四日了。家裡沒人。你哥衙裡又有事。不得在家。我家去罷。明日請姑娘衆位。好歹往我那裡大節坐坐。晚夕走百病兒來家。月娘道。俺們明日只是晚上

些〻去罷了。吳大妗子道姑娘。早些〻坐轎子去。晚夕同坐了來家
就是了。說畢裝了兩個盒子。一盒子元宵。一盒子饅頭。叫來安
兒送大妗子到家。李桂姐等四個都磕了頭。拜辭月娘。也要家
去。月娘道。你們慌怎的。也就要去。還等你爹來家着你去。他去
分付我留下你們。只怕他還有話和你們說。我是不敢放你去。
桂姐道。爹去吃酒到多咱晚來家。俺們原等的他。娘先教我和
吳銀子先去罷。他兩個今日纔來。俺們住了兩日。媽在家裡不
知怎麼盻望。月娘道。可可的就是你媽盻望。這一夜兒等不的。
李桂道。娘且是說的好。我家裡沒人。俺姐姐又被人包住了。寧
可拿器來唱個與娘聽。娘放了奴去罷。正說着。只見陳經濟走
進來叫。剩下的賞賜與我。月娘說道。喬家并各家貼轎賞一錢

共使了十包重三兩。還剩下十包在此。月娘收了。桂姐便道。我央及姑夫。你看外邊俺們的轎子來了不曾。經濟道。只有他兩個的轎子。你和銀姐的轎子沒來。從頭裡不知誰回了去了。桂姐道姑夫你真個回了。你哄我哩。那陳經濟道你不信瞧去不是我哄你。劉言未罷。只見琴童抱進氊包來說。爹家來了。月娘道。早是你每不去了。這不你爹來了。不一時西門慶進來。戴着冠帽。已帶七八分酒了。走入房中。正面坐下。月娘便道你董嬌兒韓玉釧兒。二人向前磕頭。西門慶問道。人都散了。更已深了。怎的我教他唱。月娘道。他們這裡求着我要家去。且說西門慶向桂姐說。你和銀兒亦發過了節兒去。且打發他兩個去罷。月娘道如何。我說你們不信。恰相我哄你一般。那桂姐把臉兒若低着不言語。西門慶問玳安。他兩個轎子在這裡不曾。玳安道。只有董嬌兒韓玉釧兒兩頂轎子何候着哩。西門慶道。我也不吃酒了。你們拿樂器來唱十段錦兒我聽。打發他兩個先去罷。當下四個唱的。李桂姐彈琵琶。吳銀兒彈箏。韓玉釧兒撥阮。董嬌兒打着緊急鼓子。一遞一個唱十段錦。二十八半截兒。吳月娘。李嬌兒。孟玉樓。潘金蓮。李瓶兒。都在屋裡坐的聽唱。先是桂姐唱山坡羊。

俏冤家。生的出類拔萃。翠衾寒、孤殘獨自。自別後朝思暮想。想冤家。何時得遇。遇見冤家如同往。如同往該吳銀兒唱。

金字經　惜花人。何處落和春。又殘倚遍危樓。十二欄。十二欄。韓玉釧唱。

駐雲飛　悶倚欄杆。燕子鶯兒怕待看。色戒誰曾犯。思病誰經慣。董嬌兒唱　呀。減盡了花容月貌。重門常是掩。正東風料峭。細雨漨瀸落紅千萬點。桂姐唱。

畫眉序　自會俏冤家。銀箏塵鎖怕湯抹。雖然是人離起尺如隔天涯。記得百種恩情。那里討半星兒狂詐。吳銀兒唱。

紅綉鞋　水面上鴛鴦一對。順河岸步步相隨。怎見個打漁船驚拆在兩下裡飛。韓玉釧唱。

要孩兒　自從他去添憔瘦。不似今番病久。才郎一去正逢春。急回頭雁過了中秋。董嬌兒唱。

傍粧臺　到如今瑤琴絃斷少知。音花好時誰共賞。桂姐唱

鎖南枝　紗窗外月兒斜。久想我人兒常常不捨。你爲我力

盡心謁我爲你珠淚偷揩。吳銀兒唱。

桂枝香　楊花心性。隨風不定。他原來假意兒虛名到使我眞心陪奉。韓玉釧唱。

山坡羊　惜玉憐香。我和他在芙蓉帳底抵面共。你把衷腸來細講。講離情如何把奴拋棄。氣的我似醉如痴來呵。何必你別心另叙上。知巳幾時。得重整佳期。佳期實相逢如同夢裡。董嬌兒唱。

金字經　彈淚痕羅帕班。江南岸。夕陽山外山。李桂姐唱。

駐雲飛　嗏。書寄兩三番。得見艱難。再猜霜毫。寫下喬公案。滿紙春心墨未乾。吳銀兒唱。

江兒水　香串懶重添。針兒怕待拈。瘦體嵒嵒鬼病懨懨。俺將這舊恩情重檢點。愁壓挨兩眉翠尖。空惹的張郎憎厭。這些些時。鶯花不捲簾。韓玉釧唱。

畫眉序　想在枕上溫存的話。不由人怒顫身麻。董嬌兒唱

紅繡鞋　一個兒投東去。一個兒向西飛。撇的俺一個兒南來。一個兒北去。李桂姐唱。

要孩兒　你那裡偎紅倚翠銷金帳。我這裡獨守香閨淚廂流。從記得說來呪。負心的隨燈兒滅。海神廟放着根由。吳銀兒唱。

傍粧臺　美酒兒誰共斟。意散了如瓶兒。難見面似參辰。從別後幾月深。畫劃兒畫損了掠兒金。韓玉釧唱。

鎖南枝　兩下裡心腸牽罣。誰知道風掃雲開。今宵復顯出

團圓月。重令情郎把香羅再解。訴說情誰負誰心須共你說

個明白。董嬌兒唱

桂枝香　怎忘了舊時。山盟為証。坑人性命。有情人。從此分

離了去。何時直得成。李桂姐唱。

尾聲　半叉綉羅鞋。眼兒見了心兒愛。可喜才搶着搶白忙

把這俏身挨。

唱畢。西門慶與了韓玉釧董嬌兒兩個唱錢。拜辭出門。留李桂

姐吳銀兒兩個這裏歌罷。忽聽前邊玳安兒和琴童兒兩個嚷

亂簇擁定李嬌兒房裏夏花兒進來禀西門慶說。道小的們送

兩個唱的出去。打燈籠往馬房裏拌草牽馬上槽。只見二娘房

裏夏花兒。躲在馬槽底下。諕了小的一跳。不知甚麼緣故。小的

每問着他又不說。西門慶聽見便道。那奴才在那裡。與我拿來。
就坐出外邊明間。穿廊下椅子上坐着。一邊打着一個簇把那
丫頭兒揪着跪下。西門慶問他。往前邊做甚麼去。那丫頭不言
語。李瓶兒在傍邊說道。我又不使你。平白往馬坊裡做甚
麼去。見他慌做一團。西門慶只說丫頭要走之情。郎令小廝與
我與他搜身上。他又不容說。于是琴童把他一拉倒在地。只聽
滑浪一聲。沉身從腰裡吊下一件東西來。西門慶問是甚麼。珷
安遞上去。可霎作怪。却是一定金子。西門慶燈下看了。道是頭
裡不見了的那定金子。尋不見。原來是你這奴才偷了。他說是
拾的。西門慶問是那裡拾的。他又不言語。西門慶于是心中大
怒。令琴童往前邊去取拶子來。須臾把丫頭拶起來。拶的殺猪

也是叫。拶了半日。又敲二十敲。月娘見他有酒了。又不敢勸。那丫頭挨忍不過。方說我在六娘房裡地下拾的。西門慶方命放了拶子。又分付與李嬌兒領到屋裡去。明日叫媒人。即時與我拉出去賣了。這個奴才。還留着做甚麼。那李嬌兒沒的話兒說便道恁賊奴才。誰叫你往前頭去來。養在家裡。也問我聲兒。三不知就出去了。你就拾了他屋裡金子。也對我說一聲兒。那夏花兒只是哭。李嬌兒道。拶死你這奴才纔好哩。你還哭。西門慶道罷。把金子交與月娘收了。就往前邊李瓶兒房裡去了。那小厮多出去了。月娘令小玉關上儀門。因叫道玉箫來。問他頭裡這丫頭也往前邊去來麼。小玉道。二娘三娘。陪大妗子娘兒兩個往六娘那邊去。他也跟了去來。誰知他三不知。就偷了他這定金子在手裡。頭裡聽見娘說。爹使小廝買狼觔去了。諕的他要不的。在廚房問我狼觔是甚麽。教俺每衆人笑道狼觔敢是狼身上的觔。若是那個偷了東西。不拿出來。把狼觔抽將起來。就纏在那人身上。抽攢的手脚兒都在一處。他見咱想必慌了。到晚夕趕唱的出去。就要走的情。見大門首有人。纔藏入馬坊裡。鑽在槽底下躲着。不想被小廝又看見了。採出來。月娘道。那裡看人去。恁小丫頭。原來這等賊頭鼠腦的。到就不是個哈咳的。且說李嬌兒領夏花兒到房裡。李桂姐晚間甚是說夏花兒你原來是個俗孩子。你恁十五六歲也。知道些人事兒。還這等懵懂。要着俺裡邊纔使不的。這裡沒人。你就拾了些東西。來屋裡悄悄交與你娘。似這等把出來。他在傍邊也好救你。你怎的

不望他題一字兒。劉纔這等撥打着好麼乾淨俊丫頭。常言道
穿青衣抱黑柱。你不是他這屋裡人。就不管他。劉纔這等掠掣
着你。你娘臉上有光沒光。又說他姑娘。你也忒不長俊。要着是
我。怎教他把我房裡丫頭。對衆撥倸一頓撥子。又不是拉到房
裡來。等我打。前邊幾個房裡丫頭怎的不撥。只撥你房裡丫頭。
你是好欺負的。就鼻子口裡沒些氣兒。等不到明日。真個教他
拉出這丫頭去罷。你也就沒句話兒說。你不說等我說。休教他
領出去。教別人好笑話。你看看孟家的。和潘家的。兩家一所狐
狸一般。你原鬬的過他了。因叫個夏花兒過來。問他你出去不
出去。那丫頭道。我不出去。桂姐道。你不出去。今後要貼你娘的
心。凡事要你和他一心一計。不拘拿了甚麼。交付與他。教似元

宵一般擡舉你。那夏花兒說。姐分付我知道了。撥下這裡。教咬
夏花兒不題。且說西門慶走到前邊。李瓶兒房裡。只他李瓶兒。
和吳銀兒。炕上做一處坐的。心中就要脫衣去睡。李瓶兒道。銀
姐在這裡。沒地方兒安插。你且過一家兒罷。西門慶道。怎的沒
地方兒。你娘兒兩個在兩邊。等我在當中睡就是。李瓶兒便燃
了他眼兒道。你就說下道兒去了。西門慶道。我如今在那里睡。
李瓶兒道。你過過六姐那邊去睡一夜罷。西門慶坐了一回。起身
走了。說道。也罷也罷。省的我打攪你娘兒們。我過那邊屋裡睡
去罷。于是一直走過金蓮這邊來。金蓮聽見西門慶進房來。天
上落下來一般。向前與他接衣解帶。鋪陳牀鋪乾淨。展放鮫綃。
款設珊枕。吃了茶。兩個上牀歇宿不題。李瓶兒這裡。打發西門

慶出來。和吳銀兒兩個燈下。放炕桌兒。撥下黑白棋子。對坐下象棋兒。分付迎春。定兩盞茶兒。拿個菓盒兒。把這甜金華酒兒。篩一壺兒來。我和銀姐吃。因問銀姐你吃飯。教他盛飯來你吃。吳銀兒道娘。我且不餓。休叫姐盛來。李瓶兒道也罷。銀姐不吃飯。你拿個盒蓋兒。我揀粧裡有菓餡餅兒拾四個兒來。與銀娘吃罷。須臾迎春。拿了四碟小菜。一碟糟蹄子觔。一碟醎鷄。一碟攤鷄蛋。一碟炒的荳芽菜拌海蜇。一個菓盒。都是細巧菓仁兒。一盒菓餡餅兒。頓俻在傍邊。少頃與吳銀兒下了三盤棋子。篩上酒來。拿銀鍾兒兩個共飲。吳銀兒叫迎春姐。你遞過琵琶來。我唱個曲兒與娘聽。李瓶兒道姐姐。不唱罷。小大官兒驚着了。他爹那邊又聽着。教他說咱擲骰子耍耍罷。于是教迎春。遞過色盆來兩個擲骰兒賭酒為樂。擲了一回。吳銀兒因叫迎春姐你那邊屋裡。請過你媽兒來。教他吃鍾酒兒。迎春道。他摟着哥兒在那邊。炕上睡哩。李瓶兒道。教他摟着孩子睡罷。拿一甌子酒送與他吃就是了。你不知俺這小大官。好不伶俐人。只離來開他就醒了。有一日兒。在我這邊炕上睡。他爹這裡敢動一動兒就。睜開眼醒了。恰似知道的一般。教奶子抱了去那邊屋裡。只是笑。只要我摟着他。吳銀兒笑道。娘有了哥兒和爹自在覺兒也不得睡一個兒。爹幾日來這屋裡走一遭兒。李瓶兒道。他也不論。遇着一遭也不可止兩遭。也不可止常進屋裡看他。為這孩子來看他。不打緊。教人把肚子也氣破了。相他爹和這孩子。背地咒的白湛湛的。我是不消說的。只與人家墊舌根。誰和他有甚麼大閒事。寧可他不來我這裡還好。第二日。教人眉兒眼兒的只說俺們。什麼把攔着漢子爲甚麼。剗纔到這屋裡。我就攛掇他出去。銀姐你不知俺這家。人多舌頭多。自今日爲不見了這定金子。早是你看着。就有人氣不憤。在後邊調白你大娘。說拿金子進我這屋裡來了。怎的不見了。落後不想是你二娘屋裡丫頭偷了。纔顯出個青紅皂白來。不然綁着鬼。只是俺這屋裡丫頭和奶子老馮媽媽。急的那哭。只要尋死。說道若沒有這金子。我也不家去。落後見有了金子。那咱纔肯去。還打了燈家去了。吳銀兒道。娘也罷。你看爹的面上。你守着哥兒慢慢過到那裡。是那裡。論起後邊大娘。沒甚言語也罷了。倒只是別人。見娘生了哥兒。未免都有些兒氣。爹他老人家有些主就好。

李瓶兒道。若不是你爹和你大娘看覷。這孩子也活不到如今。說話之間。你一鍾。我一盞。不覺坐到三更天氣。方纔宿歇。正是

得意客來情不厭。知心人到話相投。有詩爲証

畫樓明日轉窗寮　相伴嬋娟宿一宵
玉骨氷肌誰不愛　一枝梅影夜迢迢

畢竟未知後來何如且聽下回分解

第四十五回　應伯爵勸當銅鑼

李瓶兒解衣銀姐

第四十五回

桂姐央留夏花兒　月娘含怒罵玳安

佳名號作百花王　幻出冰肌異衆芳
映日妖嬈呈素艶　隨風冷淡散清香
玉容吳妬啼粧女　雪臉渾如傳粉郎
檀板金尊歌勝賞　何誇魏紫與姚黃

話說西門慶因放假。沒往衙門裡去。早辰起來。前廳看着。差玳安送兩張卓面。與喬家去。一張與喬五太太。一張與喬大戶娘子。俱有高頂方糖。時件樹菓之類。喬五太太賞了玳安兩方手帕。三錢銀子。喬大戶娘子。是一疋青絹。俱不必細說。原來應伯爵。自從與西門慶作別。赶到黃四家。黃四又早封下十兩

銀子謝他。大官人分付教俺過節去。口氣兒只是搗那五百兩
銀子文書的情。你我錢粮拿甚麽支持。應伯爵道。你如今還得
多少纔勾。黄四道。李三哥他不知道。只要靠着問那内臣借一
般。也是五分行利。不如這裡借着。衙門中勢力兒。就是上下使
用也省些。如今找着再得出五十個銀子來。把一千兩合用。就
是每月也好認利錢。應伯爵聽了。低了低頭兒。說道。不打緊。假
若我替你說成了。你夥計六人怎生謝我。黄四道。我對李三說
夥中再送五兩銀子與你。伯爵道。休說五兩的話。要我手段。五
兩銀子要不了你的。我只消一言替你每巧一巧兒。就在裡頭
了。今日俺房下往他家吃酒。我且不去。明日他請俺每晚夕賞
燈。你兩個明日絕早。買四樣好下飯。再着上一罈金華酒。不要

叫唱的。他家裡有李桂兒。吳銀兒。還沒去裡。你院裡叫上六名吹打的。等我領着送了去。他就要請你兩個坐。我有傍邊。那消一言半句。管情就替你說成了。我出五百兩銀子來。共擣一千兩文書。一個月滿破認他五十兩銀子。那裡不去了。只當你包了一個月老婆了。常言道。秀才取漆。無眞進粮粮之時。香裡頭多上些木頭。蹦裡頭多攙些柏油。那裡查帳去。不圖打點。只圖混水。借着他這名聲兒。纔好行事。于是計議已定。到是李三黃四。果然買了酒禮。伯爵領着兩個小廝。擡着送到西門慶家來。西門慶正在前廳打發卓面。只見伯爵來到。作了揖。道及昨日房下。在這裡打攪。回家晚了。西門慶道。我昨日周南軒那裡吃酒回家。也有一更天氣。也不曾見的新親。說老早就去了。今早衙門中放假。也沒去看着。打發了兩張卓面。與喬親家那裡去。說畢坐下了。伯爵就喚李錦。你把禮擡進來。不一時。兩個抬進儀門裡放下。伯爵道。李三哥黃四哥。再三對我說。受你大恩節間沒甚麼。買了些些微禮來孝順你賞人。只見兩個小厮。向前扒在地下磕頭。西門慶道。你們又送這禮來做甚麼。我也不好受的。還教他擡回去。伯爵道。哥你不受他的。這一擡出去。就醜死了。他還要叫唱的來伏侍。是我阻住他了。只叫了十六名吹打的。在外邊伺候。西門慶即令與我叫進來。不一時把十六名樂工叫至當面跪下。西門慶向伯爵道。他既是叫將來了。莫不又打發他不如請他兩個來坐坐罷。伯爵得不的一聲。見卽叫過李錦來。分付到家。對你爹說。老爹收了禮了。這裡不着請去了。叫你爹同黃四爹早來這裡坐坐那李錦應諾下去。須臾收進禮去。西門慶令玳安封二錢銀子賞他磕頭去了。六名吹打的下邊伺候。少頃棊童兒拿茶上來那裡吃。西門慶陪伯爵吃了茶。說道有了飯請問爹。西門慶讓伯爵西廂房裡坐因問伯爵你今日沒會謝子純張伯爵道。我早辰起來時。李三就到我那裡看着打發了禮來。誰得閑去會他。西門慶即使棊童兒快請你謝爹去。不一時書童兒放卓兒擺飯畫童兒用罩漆方盒兒拿了四碟小菜兒。都是裡外花靠小碟兒精緻一碟美甘甘十香瓜茄。一碟甜孜孜五方豆豉。一碟香噴噴的橘醬。一碟紅馥馥的糟筍。四大碗下飯一碗大熝羊頭。一碗滷熱的炙鴨一碗黃芽菜並𤆈的餛飩雞蛋湯。一碗山藥膾的紅肉圓子。上下安放了兩雙金筯牙兒。伯爵面前。是一盞上新白米飯兒。西門慶面前。于是一甌兒香噴噴軟稻粳米粥兒。兩個同吃了飯。收了家火去。揩抹的卓兒乾淨。西門慶與伯爵兩個坐着。賭酒兒打雙陸。伯爵趂謝希大未來。乘先問下西門慶說道。哥明日找與李智黃四多少銀子。西門慶道。把舊文書收了。另搗五百兩銀子文書就是了。伯爵道。這等也罷了。哥你總不如再找上一千兩。到明日也好認利錢。我又一句話。那金子你用不着。還筭一百五十兩與他。再找不多兒了。西門慶聽罷道。你也說的是。我明日再找三百五十兩與他罷。改一千兩銀子文書就是了。省的金子放在家。也只是閒着。兩個正打雙陸。忽見玳安兒走來說道。賁四拿了一座大螺鈿大理石屏風。兩架銅鑼銅鼓連鐺兒。說是白皇親家的要當三十兩銀子。爹當與他不當他。西門慶道你教賁四拿進來我瞧不一時賁四同兩個人擡進去放在廳堂上。西門慶與伯爵下雙陸走出來撇看原來是三尺濶五尺高可桌放的螺蜔描金大理石屏風。端的是一樣黑白分明。伯爵伯觀了一回。悄與西門慶道哥你好細瞧。恰相好似蹲着個鎮宅獅子一般。兩架銅鑼銅鼓。都是彩畫生粧雕刻雲頭。十分齊整。在傍一力攛掇說道哥該當下他的。休說兩架銅鼓只一架屏風。五十兩銀子還沒處尋去。西門慶道。不知他明日贖不贖。伯爵道沒的說。贖甚麽。下坡車兒營生。及到三年過來。七八本利相等。西門慶道也罷。教你姐夫前邊鋪子裡兊三十兩與他罷。剛打發去了。西門慶把屏風拂抹乾淨。安在大廳正面。左右

看視。金碧彩霞交輝。因問吹打樂工吃了飯不曾。琴童道。在下
邊打發吃飯哩。西門慶道。叫他吃了飯來吹打一回我聽。于是
廳內擡出大鼓來。穿廊下邊一架安放銅鑼銅鼓。吹打起來。端
的聲震雲霄。韻驚魚鳥。正吹打着。只見棋童兒請了謝希大到
了。進來與二人唱了喏。西門慶道。謝子純。你過來。估估這座屏
風兒值多少價。謝希大近前觀看了半日。口裡只顧誇獎不已。
說道。哥你這屏風買的巧也得一百兩銀子與他。少了他不肯。
伯爵道。你看連這外邊兩架銅鑼銅鼓。帶鐺鐺兒。通共與了三
十兩銀子。那謝希大拍着手兒叫道。我的南無耶。那裡尋本兒
利兒。休說屏風。三十兩銀子還攬給不起這兩架銅鑼銅鼓來。
你看這兩座架。做的這工夫。硃紅彩漆。都照依官司裡的樣範。

少說也有四十觔响銅。該值多少銀子。怪不的一物一主。那裡有哥這等大福。偏有這樣巧價兒來尋你的。說了一回。西門慶請入書房裡坐的。不一時李智黃四也到了。西門慶說道。你兩個如何又費心。送禮來。我又不好受你的。那李智黃四。慌的下了禮說道。小人惶恐。微物胡亂與爹賞人罷了。蒙老爹呼喚。不敢不來。于是搬過坐兒來。打横坐了。須臾小廝畫童兒。拿了五盞茶上來。衆人吃了。收下盞托去。少頃玳安走上來。請問爹在那裡放卓兒。西門慶令擡進卓兒。就在這裡坐罷。于是玳安與書童兩個。一肩搭擡進一張八仙瑪瑙籠漆卓兒進來。騎着火盆安放在地平上。伯爵希大居上。西門慶主位。李智黃四兩邊打横坐了。須臾拿上春檠按酒。大盤大碗湯飯點心。無非鵝鴨鷄蹄。各樣下飯之類。酒泛羊羔。湯浮桃浪。樂工都在窗外吹打。西門慶叫了吳銀兒。席上遞酒。這裡前邊飲酒不題。却說李桂姐家保兒。吳銀兒家丫頭蠟梅。都叫了轎子來接他姐姐家去。那桂姐聽得保兒來。慌的走到門外。和保兒兩個悄悄說了半日話。回到上房告辭。要回家去。月娘再三留他。俺們如今便都往吳大妗子家去。連你們也帶了去。你越發晚了。從他那裡起身。也不用轎子伴俺每走百病兒。就往家去便了。桂姐道。娘不知我家裡無人。俺姐姐又不在家。有我王姨媽那裡。又請了許多人來做盒子會。俺媽不知怎麽盼我。昨日等了我一日。他不急時。不使將保兒來接我。若是閑常日子。隨娘留我幾日。我也住了。月娘見他不肯。一面教玉簫。將他那原來的盒子。裝了一盒元宵。一盒白糖薄脆。交與保兒擸着。又與桂姐一兩銀子。打發他早去。這桂姐先辭月娘衆人。然後他姑娘送他到前邊。教畫童替他抱了毡包。竟來書房門首。教玳安請出西門慶來說話。這玳安慢慢掀簾子。進入書房。向西門慶請道。桂姐家去。請爹說話。應伯爵道。李桂兒這小淫婦兒原來還沒去哩。西門慶道。他今日纔家去。一面走出前邊來。看見李桂姐穿着紫丁香色潞州紬粧花肩子。對衿襖兒。白展光五色線挑的寬襴裙子。用青點翠的白綾汗巾兒。搭着頭。面前花枝招颭。綉帶飄飄。磕了四個頭。就道打攪爹娘這裡。西門慶道。你明日家去罷。桂姐道。家裡無人。媽使保兒拿轎子來接了。又道。我還有一件事對爹說。俺姑娘房裡那孩子。休要領出去罷。俺姑娘昨日晚夕。又打

了他幾下。說起來還小哩。恁怎麽不知道。吃我說了他幾句。從
今改了。他也再不敢了。不爭打發他出去。大節間。俺娘房中沒
個人使。你心裡不急麽。自古木杓火杖兒短。強如手撥剌。爹好
歹看我分上。留下這丫頭罷。西門慶道。既是你恁說。留下這奴
才罷。一面分付玳安。你去後邊對你大娘說。休要叫媒人去了。
玳安向畫童兒拖着桂姐氊包說道。拿桂姨氊包。等我拘着教
畫童兒後邊說去罷。那畫童應喏。一直徃後邊去了。桂姐與西
門慶說畢話。東窓子前。揚聲叫道。應花子我不拜你了。你娘家
去。伯爵道。拉回賊小淫婦兒來。休放他去了。叫他唱一套兒且
與我聽聽着。桂姐道。等你娘閒了唱與你聽。伯爵道。由他乾乾
淨淨自你兩個梯巳話兒。就不教我知道了。恁大白日。就家去

了。便益了賊小淫婦兒了。投到黑還是接好幾個漢子。桂姐道。汗邪了你這花子。一面笑出去。玳安跟着打發他上轎去了。西門慶與桂姐說了話。後邊更衣去了。應伯爵向謝希大說。李家桂兒這小淫婦兒就是個真脫牢的強盜越發賊的疼人子。恁個大節。他肯只顧在人家住着。鴇子來叫他。又不知家裡有甚麼人兒等着他哩。謝希大道。你好猜。悄悄向伯爵耳邊。如此如此這般這般。說未數句。伯爵道。悄悄裡說道。哥正不知道哩。不一時西門慶走的腳步兒响進來。兩個就不言語了。這應伯爵就把吳銀兒摟在懷裡。和他一遞一口兒吃酒說道。是我這乾女兒又溫柔。又軟款。強如李家狗不要的小淫婦兒一百倍了。吳銀兒笑道。二爹好罵。說一個就一個。百個就百個。一般一方之

地。也有賢有愚可可見一個就比一個來。俺桂姐沒惱着你老
人家。西門慶道。你問賊狗材。單管只個說白道的。伯爵道。你休
管他家等我守着我這乾女兒過日子。乾女兒過來。拿琵琶且
先唱個兒我聽。這吳銀兒不忙不慌輕舒玉指款跨鮫綃。把琵
琶在于膝上低低唱了一回榔槌金。

心中牽掛。飯不飯茶不茶難割捨我俏冤家。淒涼因為我心
上放不下。更不知你在誰家。要離別與我兩句伶仃話。抛閃
殺奴家。閃賺殺奴家。你林要把奴來干罷。

伯爵吃過酒。又遞謝希大吳銀兒又唱道。

常懷憂悶。何時得趂我心。牽掛着我有情人姊妹們拘管的
緊。老尊堂不放鬆。顯的我言兒無信。不愛你寶和金。只愛你

只愛你生的胖兒俊我和你做夫妻。死了甘心。教奴和你往
來相趣。
這裡和吳銀前邊遞酒彈唱不題。且說畫童兒走到後邊。月娘
正和孟玉樓李瓶兒大姐雪娥并大師父都在上房裡坐的。只
見畫童兒進來。月娘纔待使他叫老媽來。夏花兒出去。畫童便
道爹使小的對大娘說教且不要領他出去罷了。月娘道。你爹
教賣他怎的又不賣他了。你實說是誰對你說教休要領他出
去。畫童兒道。剛纔小的抱着桂姨毡包桂姨臨去。對爹說。央及
留下了。且將就使着罷休領出去了。爹使玳安進來對娘說玳
安不進來。在爹根前使小的進來了。奪過毡包送桂姨去了。這
月娘聽了。就有幾分惱在心中。罵玳安道。恁賊兩頭戳番獻勤

欺主的奴才。嗔道他頭裡使他教媒人。他就說道。爹教領出去。原來都是他弄鬼。如今又幹办着進他去了。住回等他進後來。我和他答話。正說着。只見吳銀兒前邊唱了進來。月娘對他說你家臘梅接你來了。李家桂兒家去了。你莫不也往家去了罷。吳銀兒道。娘既留我。我又家去。顯的不識敬重了。因問臘梅你來做甚麼。臘梅道。媽使我來瞧瞧你。吳銀兒問道。家裡沒甚勾當。臘梅道。沒甚事。吳銀兒道。既沒事你來接我怎的。你家去罷。娘留下我。晚夕還同眾娘每往妗奶奶家走百病兒去。我那裡回來。纔往家去哩。說畢。臘梅就要走。月娘道。你叫他回來。打發他吃些甚麼兒。吳銀兒道。你大奶奶賞你東西吃哩。等着就把衣裳包子。帶了家去。對媽媽說。休教轎子來。晚夕我走了家去。

因問吳惠化怎的不來。臘梅道。他在家裡害眼哩。月娘分付玉簫。臘梅到後邊拿下兩碗肉。一盤子饅頭。一甌子酒。打發他吃。又拿他原來的盒子。裝了一盒元宵。一盒細茶食。回與他拿去。原來吳銀兒的衣裳包兒。放在李瓶兒房裡。李瓶兒連忙又早尋下。一套上色織金段子衣服。兩方銷金汗巾兒。一兩銀子。安放在他氈包內。與他。那吳銀兒喜孜孜辭道。娘我不要這衣服罷。又笑嘻嘻道。實和娘說。我沒個白襖兒穿。娘收了這段子衣服。不拘娘的甚麼舊白綾襖兒與我一件兒穿罷。李瓶兒道。我的白襖子多寬大。你怎的穿。于是叫迎春。拿鑰匙。上大櫥櫃裡。拿一疋整白綾來。與銀姐。對你媽說。教裁縫替你裁兩件好襖兒。因問你要花的要素的。吳銀兒道。娘我要素的罷。圖襯着比甲。

見好穿。笑嘻嘻向迎春說道。又起動丹姐往樓上走一遭。明日我沒甚麼孝順。只是唱曲兒與姐姐聽罷了。須臾迎春從樓上。取了一疋松江潤機尖素白綾。下號兒寫着重三十八兩。遞與吳銀兒。銀兒連忙花枝招颭。綉帶飄飄。揷燭也是與李瓶兒磕了四個頭。起來又深深拜了迎春八拜。李瓶兒道。銀姐你把這段子衣服。還包了去。早晚做酒衣兒穿。吳銀兒道。娘賞了白綾做袄兒。又包了這衣服去。于是又磕頭謝了。不一時臘梅。吃了東西。交與盒子毡包。都拿回家去了。月娘便說。銀姐你這等我纔喜歡。你休學李桂兒那等喬張致。昨日和今早只相臥不住虎子一般。留不住的。只要家去。可可兒家裡就忙的恁樣兒。連唱也不用心唱了。見他家人來接。飯也不吃就去了。就不待見

了。銀姐你快休學他。吳銀兒道。好娘。這裡一個爹娘宅裡。是那
裡去處。就有虔婆放着別處。便敢在這裡使。桂姐年幼。他不知
事。俺娘休要惱他。正說着。只見吳大妗子家。使了小廝來定兒
來請說道。俺娘上覆三姑娘。好歹同衆位娘并桂姐銀姐請早
些過去罷。又請雪姑娘也走走。月娘道。你到家對你娘說。俺們
如今便收拾去。二娘害腿疼不去。他在家看家哩。你姑夫今日
前邊有人吃酒。家裡沒人。後邊姐也不去。李桂姐家去了。連大
姐銀姐。和俺每六位去。你家少費心整治甚麼。俺每坐一回。晚
上就來。因問來定兒。你家叫了誰在那裡唱。來定兒道。是郁大
姐。說畢。來定兒先去了。月娘一面同玉樓金蓮李瓶兒大娘并
吳銀兒。對西門慶說了。分付奶子在家看哥兒。都穿戴收拾定

當。共六頂轎子起身。派定玳安兒。棋童兒。來安兒。三個小厮。四名排軍跟轎。徃吳大妗子家來。正是

萬井風光春落落　　千門燈火夜漫漫
此生此夜不長見　　明月明年何處看

畢竟未知後來何如。且聽下回分解。

第四十六回　元夜遊行遇雨雪

妻妾戲笑卜龜兒

第四十六回

元夜遊行遇雪雨　妻妾笑卜龜兒卦

帝里元宵。風光好。勝仙島蓬萊。玉塵飛動。車喝綉轂。月照樓臺。三宮此夕歡諧。金蓮萬盞。撒向天街。迓鼓通宵。華燈競起。五夜齊開。

此隻詞兒。是前人所作。單題這元宵景致。人物繁華。且說西門慶那日打發吳月娘衆人。往吳大妗子家吃酒去了。李智黃四約坐伯爵赶送出去。如此這般告訴。我已替你二公說了。准在明日還我五百兩銀子。那李智黃四。向伯爵打了恭。又打恭。到黃昏時分。就告辭去了。廂房中和謝希大還陪西門慶飲酒。只見李銘掀簾子進來。伯爵看見便道李日新來了。李銘扒在地下磕頭西門慶問道。吳惠怎的不來。李銘道。吳惠今日東平府官身也沒去。在家裡害眼。小的叫了王柱來了。便叫王柱進來。與爹磕頭。那王柱掀簾進入房裡。朝上磕了頭。與李銘站立在旁伯爵道。你家桂姐剛纔家去了。你不知道。李銘道。小的官身到家。洗了洗臉就來了。並不知道。伯爵同西門慶說。他兩個怕不的還沒吃飯哩。哥分付拿飯與他兩個吃書童在旁說。一爹叫他等一等。亦發和吹打的一答裡吃罷。沒也拿飯去了。伯爵令書童取過一個托盤來。卓上掉了兩碟下飯。一盤燒羊肉遞與李銘等。拿了飯你每拿兩碗。在這明間吃罷。說書童兒我那傻侄子。常言道方以類聚。物以群分。你不知他這行人。故雖是當院出身小優兒比樂工不同。一槩看待也罷了。顯的說你我不幫襯了。被西門慶向伯爵頭上打了一下。笑罵道。怪不的你這狗材。行記中人。只護行記中人。又知這當差的苦甘。伯爵道。傻孩兒。你知道甚麼。你空做子弟一場。連借玉憐香四個字。你還不曉的甚生。說粉頭小優兒。如同鮮花兒。你惜憐他越發有精神。你但折剉他。敢就八聲甘州。懨懨瘦損。難以存活。西門慶笑道。還是我的兒曉的道理。那李銘王柱。須臾吃了飯。應伯爵叫過來。分付你兩個會唱雪月風花共裁剪不會。李銘道。此是黃鍾。小的每記的。于是拿過箏來。王柱彈琵琶。李銘揉箏。頓開喉音。黃鍾醉花陰。

雪月風花共裁剪。雲雨夢香嬌玉軟。花正好。月初圓。雪壓風嵌。人比天涯遠。這此時欲寄斷鵬篇。爭奈我無岸的相思。好着我難運轉。

喜鶯遷　指滄溟爲硯硯簡城毫逑筆如椽松烟將泰山作墨硯。萬里青天爲錦箋。都做了草聖傳。一會家書。書不盡心事。一會家訴。訴不盡熬煎。

出隊子　憶當時初見。見俺風流小業冤。兩心中便結下死生緣。一載間澤如膠漆堅。誰承望半路番騰。倒做了離恨天。二三朝不見。渾如隔了十數年。無一頓茶飯不掛牽。無一刻光陰不唱念。無一個更兒將他來不夢見。

四門子　無一個來人行。將他來不問遍。害可人有似風顛。相識每見了重還勸。不由我記掛在心間。思量的眼前活現。作念的口中粘涎。襟領前。袖兒邊。淚痕流遍。想從前我和他。

語在前。那時節嬌小當年。論聰明貫世何曾見。他敢眞誠處有萬千。

刮地風　憶咱家爲他情無倦。淚江河成春戀。俺也曾坐並着膝。語並着肩。俺也曾芰荷香效他交頸鴛。俺也曾把手兒行。共枕眠。天也是我緣薄分淺。

水仙子　非干是我自專。只不見的鸞膠續斷絃。憶枕上盟言。念神前發願。心堅石也穿。暗暗的禱告青天。若咱家負他前世緣。俏寃家不趁今生願。俺那世裡再團圓。

尾聲　囑付你衷腸莫更變。要相逢則除是動載經年。則你那身去遠。莫教心去遠

說話唱了看看曉來。正是金烏漸漸落西山。玉兔看看上畫闌。

佳人欵欵來傳報報道月移花影上紗窗西門慶命收了家火使人請傳夥計韓道國雲主管賁四陳經濟大門首用一架圍屏圍安放兩張卓席懸掛兩盞羊角燈擺設酒筵堆集許多春檠菓盒各樣餚饌西門慶與伯爵希大都一代上面坐了夥計主管兩邊打橫大門首兩邊一邊十二盞金蓮燈還有一座小烟火西門慶分付等堂客來家時放先是六個樂工擡銅鑼銅鼓在大門首吹打動起樂來那一回銅鑼銅鼓又清吹細樂上來李銘王柱兩個小優兒箏琵琶上來彈唱燈詞畫眉序花月滿春城云云那街上來往圍看的人莫敢仰視西門慶帶忠靖冠絲絨鶴氅白綾襖子玳安與平安兩個一遞一桶放花兒兩名排軍各執攬杆攔擋閑人不許向前擁擠不一時碧天雲靜

一輪皓月東升之時。街上遊人十分熱鬧。但見

戶戶鳴鑼擊鼓。家家品竹彈絲。遊人隊隊踏歌聲。士女翩翩垂舞調。鰲山結綵。巍峩百尺矗晴雲。鳳禁縟香。縹緲千層籠綺隊。閑廷內外。溶溶寶月光輝。畫閣高低。燦燦花燈照耀。三市六街人鬧熱。鳳城佳節賞元宵。

且說後邊春梅迎春。玉簫蘭香。小玉衆人。見月娘不在。聽見大門首吹打銅鼓彈唱。又放烟火。都打扮着走來。在圍屏背後扒着望外瞧。書童兒和畫童兒兩個在圍屏背後火盆上篩酒。原來玉簫和書童舊有私情。兩個常時戲狎。兩個因按在一處奪瓜子兒磕。不防火盆上。坐着一錫瓶酒。推倒了。那火烘烘望上騰起來。漰了一地灰起去。那玉簫還只顧嘻笑。被西門慶聽見。

使下玳安兒來問。是誰笑。怎的這等灰起。那日春梅。穿着新白綾襖子。大紅遍地金比甲。正坐在一張椅兒上。看見他兩個推倒了酒。一經搗聲罵玉簫。好個怪浪的淫婦。見了漢子。就邪的不知怎麼樣兒的了。只當兩個把酒推倒了。纔罷了。都還嘻嘻哈哈。不知笑的是甚麼。把火也淵死了。平白落了人恁一頭灰。那玉簫見他罵起來。諕的不敢言語。往後走了。慌的書童兒走上去。回說。小的火盆上篩酒來。扒倒了錫瓶裡酒了。那西門慶聽了。更不問其長短就罷了。先是那日賁四娘子。打聽月娘不在。平昔知道。春梅玉簫。迎春蘭香。四個是西門慶貼身答應得寵的姐兒。大節下安排了許多菜蔬菓品。使了他女孩兒長兒來。要請他四個去他家裡散心坐坐。衆人領了來見李嬌兒。嬌

兒說。我燈草拐杖不定。你還請問你爹去問雪娥。雪娥亦發不
不敢承攬。看看挨到掌燈已後。賁四娘子又使了長兒來邀四
人。蘭香推玉簫。玉簫推迎春。迎春推春梅。要令齊了。往李嬌兒
轉央和西門慶說放他去。那春梅坐着紋絲兒也不動。及罵玉
簫等。都是那沒見食面的行貨子。從沒見酒席。也聞些氣兒來。
我就去不成。也不到央及他家去。一個個鬼攛掇的也似不知
忙的是甚麼。你教我半個眼兒看的上。那迎春玉簫蘭香。都穿
上衣裳。打扮的齊齊整整出來。又不敢去。這春梅又只顧坐着
不動身。書童見賁四嫂又使了長兒來邀。說道。我被着爹罵兩
句也罷。等我上去替姐們禀禀去。一直走到西門慶身邊。搊口
對耳說道。賁四嫂家。大節間。要請姐們坐坐。姐教我來禀問爹。

去不去。西門慶聽了。分付教你姐姐收拾去。早些來。家裡沒人。這書童連忙走下來。說道。還虧我到上頭一言。就准了。教你姐快收拾去。早些來。那春梅慢慢纔往房裡勻施脂粉去了。不一時四個都一答兒裡出門。書童扯圍屏掩過半邊來。遮着過去。到了賁四家。賁四娘子見了。如同天上落下來的一般。迎接裡間屋裡。頂槅上點着繡毬紗燈。一張卓兒上整齊菜。春盛堆滿滿的。赶着春梅叫大姑。迎春叫二姑。玉簫是三姑。蘭香是四姑。都見過禮。又請過韓回子娘子來相陪。教下人家。另是一分菜蔬。當下春梅迎春上坐。玉簫蘭香對席。賁四嫂與韓回子娘子打橫。長兒往來盪酒拿菜。按下這裡不題。西門慶因叫過樂工來。分付你們吹了一套。東風料峭好事近與我聽。正值後邊拿上玫瑰元宵來。銀金匙。衆人拿起來同吃。端的香甜美味。入口而化。甚應佳節。李銘王柱席前又拿樂器接着彈唱此詞。端的聲慢悠揚。挨徐合節。道

東野翠烟。喜遇芳天晴曉。惜花心。惟春來又起得偏早。教人探取問東君。肯與我春多少。見丫鬟笑語回言道。昨夜海棠開了。

千秋歲　杏花稍見着梨花雪。一點梅豆青小。流水橋邊流水橋邊。只聽的賣花人聲聲頻叫。鞦韆外行人道。我只聽的粉墻內。佳人歡笑。笑道春光好。我把這花籃兒旋簇食壘高挑。

越恁好　鬧花深處。涌溜溜的酒旗招。牡丹亭佐。倒尋女伴

鬬百草。翠巍巍的柳條。忒楞楞的曉鶯飛過樹稍。撲簌簌亂

横。舞翩翩粉蝶兒飛過畫橋。一年景四季中惟有春光好。向

花前暢飲。月下歡笑。

紅綉鞋　聽一派鳳管鸞簫。見一簇翠圍珠繞。捧玉樽醉頻

倒。歌金縷舞甚麼。恁明月上花稍。月上花稍。

尾聲　醉教酩酊眠芳草。高把銀燈花下燒。韶光易老。休把

春光虛度了。

這裡彈唱飲酒不題。且說玳安與陳經濟。袖着許多花炮。又叫

兩個排軍。拿着兩個燈籠。竟往吳大妗子家。接月娘衆人。正在

明間。和吳大姨。吳二妗子。吳舜五媳婦兒。郁大姐在傍彈唱着。

正飲酒。見了陳經濟來。教二舅和姐夫房裡坐。你大舅今日不

在家。衛裡看着造冊哩。一面放卓兒。拿春盛點心酒菜上來。陪經濟。玳安走到上邊。對月娘說。爹使小的來接娘們來了。請娘早些家去。恐晚夕人亂。和姐夫一答兒來了。月娘因着頭裡惱他就一聲兒沒言語荅他。吳大妗子。便叫來定兒。拿些甚麼兒與玳安兒吃。來定兒道。酒肉湯飯。都前頭擺下。和他一處兒吃罷。吳月娘道。忙怎的。那裡繞來乍到。就與他吃罷。教他前邊站着。我每就起身。吳大妗子道。三姑娘慌怎的。上門兒恠人家。比來大姑娘們。在俺這裡大節下。姊妹間衆位開懷大坐坐兒。左右家裡有他二娘。和他姐在家裡。怕怎的。老早就要家去。是別人家又是一說。因叫郁大姐。你唱個好曲兒伏侍。他衆位娘說你。孟玉樓道。他六娘好不惱他哩。不與他做生日。郁大姐連忙下席來。與李瓶兒磕了四個頭。說道。自從與五娘做了生日。家去就不好起來。昨日姈奶奶這裡接我去。教我繞收拾閙了來。若好時怎的。不與你老人家磕頭。金蓮道。郁大姐。你六娘不自在哩。你唱個好的與他聽。他就不惱你了。那李瓶兒在旁只是笑。不做聲。郁大姐道。不打緊。拿琵琶過來。等我唱。大姈子叫吳舜臣媳婦。鄭三姐。你把你二位姑娘。和衆位娘的酒兒斟上。這一日還沒上過鍾酒兒。那郁大姐接琵琶在手。唱一江風道。

子時那這凄涼。如何過羅幃錦帳。和衣臥。歹哥哥你許下我子丑時來。不覺寅時錯。疼心腸等他待如何。拋閃了我。愿神靈降與他災和殃。

卯時前亂挽起烏雲髻。羞對菱花鏡。想多情穿不的錦綉衣裳。戴不起翡翠珍珠。觧不開心頭悶。辰時已過了。巳時不見影。奴家為你憂成病。

午時排。這相思真個害。害的我魂不在。想多才。你記的月下星前。誓海盟山。誰把你輕看待。他若是未時來。也把奴愁懷觧。申時買個豬頭兒賽。

酉時下。不由人心牽掛。誰說幾句知心話。誆寃家。你在謝館秦樓。倚翠偎紅。色胆天來大。戌時點上燭。早晚不見他。亥時去卜個龜兒卦。

正唱着。月娘便道。怎的這一回子恁凉凄凄的起來。來安在旁說道。外邊天寒。下雪哩。孟玉樓道。姐姐你身上穿的不單薄。我倒帶了個綿披襖子來了。咱這一回夜深不冷麼。月娘道。見是下雪。叫個小厮。家裡取皮襖來。咱們穿。那來安連忙走下來對玳安說。娘分付教人家去取娘們皮襖哩。那玳安便叫琴童兒。你取去罷。等我在這裡伺候。那琴童也不開(閒)一直家去了。少頃月娘想起金蓮的皮襖。因問來安兒誰取皮襖去了。來安道。琴童取去了。月娘道。也不問我就去了。玉樓道。剛纔短了一句話。就教他拿俺的皮襖。他五娘沒皮襖。只取姐姐的來罷。月娘道。怎的家中沒有。還有當的人家一件皮襖。取來與六娘穿。就是了。月娘便問玳安那奴才。怎的不去。却使這奴才去了。你叫他來。一面把玳安叫到根前。吃月娘儘力罵了幾句。好的好奴才。是你怎的不動。又遣將兒使了那個奴才去了。也不問我聲兒。三不知就去了。但坐壇遣將兒。惟不的你做了大官兒。恐怕打動他展揩兒巾。就只遣他去。玳安道。娘錯怪了小的。頭裡娘分付教小的去。小的敢不去。若使來安下來。只說教一個家裡去。月娘道。那來安小奴才。敢分付你。俺們怎大老婆還不敢使你哩。如今但的你這奴才們想有此指兒也怎的。一來王子烟薰的佛像。掛在墻上。有恁施主。有恁和尚。你說你恁行動兩頭戳舌獻勤出尖兒。外合裡表。奸懶食饞。奸消流水。背地瞞官作弊。幹的那繭兒。我不知道。頭裡你家主子沒使你。送李桂兒家去。你怎的送他。人拿着毡包。你還匹手奪過去了。留了頭不留了頭。不在你使。你進來說。你怎的不進來。你使就恁送他裡頭局嘴吃去了。却使別人進來。須知我若罵。只罵那個人了。你還說你不久慣牢成。玳安道。這個也沒人。就是畫童兒過的舌。參見他抱着毡包。教我你送送你桂姨去罷。使了他進來時。娘說留了頭。不留了頭。不在於小的。小的管他怎的。月娘大怒罵道。賊奴才。還要說嘴哩。我可不這裡閑着。和你犯牙兒哩。你這奴才脫脖倒坳過颭了。我使着不動。耍嘴兒我就不信。到明日不對他說。把這欺心奴才。打與他個爛羊頭。也不筭。吳大妗子道。玳安兒。還不快替你娘們取皮袄去。他惱了。又道姐姐你分付他拿那裡皮袄與他五娘穿。潘金蓮接過來說道。姐姐不要取去。我不穿皮袄。教他家裡稍了我的披袄子來我穿罷。人家當的赤色好也歹也。黃狗皮也似的。穿在身上。教人笑話。也不氣長久。後還贖的去了。月娘道。這皮袄纔不是當的。倒是當人李智少十六兩銀子。准折的皮袄。當的王招宣府裡那件皮袄。與李嬌兒穿了。因分付玳安。皮襖在大櫥裡。教玉簫尋與你。就把大姐的皮襖也帶了來。那玳安把嘴谷都走出來。陳經濟問道。你往那去。玳安道。精是攮氣的營生。一遍生活兩遍做。這咱晚又往家裡跑一遭。逕走到家。西門慶還在大門首吃酒。傅夥計雲王管都去了。還有應伯爵謝希大韓道國賁四衆人吃酒未去。便問玳安。你娘們來了。玳安道沒來。使小的取皮襖來了。說畢。便往後走。先是琴童到家。上房裡尋玉簫。要皮襖。小玉坐在炕上。正沒好氣。說道。四個淫婦。今日都在賁四老婆家吃酒哩。我不知道皮襖放在那裡。往他家問他要去。這琴童一直走到賁四家。且不叫。在窗外悄悄覷聽。只見賁四嫂說道。大姑和二姑。怎的這半日酒也不上。菜兒也不揀一筯兒。嫌俺小家兒人家。整治的不好吃也恁的。春梅道。四嫂俺們酒勾了。賁四嫂道。耶嚛沒的說。怎的這等上門兒怪人家。又叫韓回子老婆。便是我的切鄰。就如東副東。一様三姑四姑根前酒。你也替我勸勸兒。怎的单扳叫長姐篩酒。來斟與三姑吃。你四姑鍾兒斟淺些兒罷。蘭香道。我自來吃不的。賁四嫂道。你姐兒們。今日受餓。沒甚麼可口的菜兒管待。休要笑話。今日要叫了先生來。唱與姑娘們下酒。又恐怕爹那裡聽着。淺房淺屋。說不的俺小家兒人家的苦。說着。琴童兒敲了敲門。衆人多不言語了半日。只聽長兒問是誰。琴童道是我。尋姐說話。一面開了門。那琴童入來。玉簫便問。娘來了。那琴童看着待笑。半日不言語。玉簫道。怪雌牙兒。因問着你着雌的那牙。問着不言語。琴童道。娘們還在妗子家吃

酒哩見天陰下雪使我來家取皮袄來都教包了去哩玉筲道

皮袄在外描金廂子裡不是叫小玉拿與你琴童道小玉說教

我來問你要玉筲道你信那小淫婦兒他不知道怎的春梅道

你每有皮袄的都打發與他俺娘也沒皮袄自我不動身蘭香

對琴童你三娘皮袄問小鸞要迎春便向腰裡拿鑰匙與琴童

兒教綉春開裡間門拿與你那琴童兒走到後邊上房小玉和

玉梅房中小鸞都包了皮袄交與他正拿着往外走遇見玳安

問道你來家做甚麼玳安道你還說哩爲你來了平白教大娘

罵了我一頓好的又使我來取五娘的皮袄來琴童道我如今

取六娘的皮袄去也玳安道你取了還在這裡等着我一答兒

裡去你先去了不打緊又惹的大娘罵我說畢玳安來到上房

小玉正在炕上籠着爐臺拷火口中嗑瓜子兒見了玳安問道原來你也來了玳安道你又說哩受了一肚子氣在這裡于是把月娘罵他一節前後訴說一遍着琴童取皮襖嗔我不來說我遣將兒因爲五娘沒皮襖又教我來去說大櫥裡有李三准折的一領皮襖教拿與我去哩小玉道玉簫拿了裡間門上鑰匙都在賁四家吃酒哩教他來拿玳安道琴童往六娘房裡去取皮襖便來也教他叫去我且歇歇腿兒拷拷火兒着那小玉便讓炕頭兒與他並有相挨着向火小玉道壺裡有酒篩盞子你吃玳安道可知好哩看你下顧小玉下來把壺坐在火上抽開抽替拿了一盞子臘鵝肉篩酒與他無人處兩個就摟着咂舌親嘴正吃着酒只見琴童兒進來玳安讓他吃了一盞子便

使他叫玉簫姐來。拿皮襖與五娘穿。那琴童把毡包放下。走到
責四家。叫玉簫。玉簫罵道。賊囚根子。又來做甚麽。又不來遞與
鑰匙教小玉開門。那小玉開了。裡間房門取了一把鑰匙。遞了
半日。白遞不開鎖了門。那玉簫道。不是那個鑰匙。娘櫥裡鑰匙。
在牀褥子座下哩。小玉又罵道。那淫婦丁子釘在人家不來。兩
頭來回。只教使我着能開了櫥裡。又沒皮襖。琴童兒又往責四
家問去。來回走的抱怨了。就死也死三日三夜。以省合氣。又撞
着瘟瘟死鬼。小奶奶兒門把人瘟也沒出了。向玳安你說此回
去又惹的娘罵。不說屋裡鎖。只惟俺們走去又對玉簫說。裡間
娘櫥裡尋沒有皮襖。玉簫想了想笑道。我也忘記在外間大櫥
裡。到後邊又被小玉罵道。淫婦吃那野漢子搗昏了。皮襖在這

裡却到處尋。一面取出來。將包袱包了。連大姐披襖。都交付與玳安琴童兩個拿到吳大妗子家。月娘又罵道。賊奴才。你說同了都不來罷了。那玳安又不敢言語。琴童道。娘的皮襖。都有了。等着姐又尋這件青廂皮襖。于是打開取出來。吳大妗子燈下觀看。說道也好一件皮襖。五娘你怎的說他不好。說是黃狗皮那裡有恁黃狗皮。與我一件穿也罷了。月娘道。新新的皮襖兒。只是面前歇胸舊了些兒。到明日從新換兩個遍地金歇胸。穿着就好了。孟玉樓拿過來。與金蓮戲道。我兒你過來。你穿上這黃狗皮。娘與你試試看好不好。金蓮道。有本事到明日。問漢子要一件穿。也不枉的平白拾了人家舊皮襖來。披在身上做甚麼。玉樓戲道。好個不認業的。大家有這一件皮襖。穿在身念佛。

于是替他穿上見寬寬大大潘金蓮纔不言語。當下吳月娘是貂鼠皮襖。孟玉樓與李瓶兒俱是貂鼠皮襖。都穿在身上。拜辭吳大妗子。二妗子起身。月娘與了郁大姐。一包二錢銀子。吳銀兒道。我這裡就辭了妗子。列位娘磕了頭。罷當下吳大妗子。與了一對銀花兒。月娘與李瓶兒每人袖中摘去一兩銀子與他。磕頭謝了吳大妗子同二妗子。鄭三姐。都還要送月娘。衆人因見天氣落雪月娘阻回去了。琴童道。頭裡下的還是雪。這回沾在身都是水珠兒。只怕濕了娘們的衣服。問妗子這裡討把傘打了家去。吳二連忙取了傘來。琴童兒打着頭裡。兩個排軍打着燈籠。一簇男女跟了。走幾條小巷。到大街上。陳經濟路上放了許多花炮。因叫銀姐。你家不遠了。俺們送你到家。月娘便問他家去那裡。經濟道。這條衚衕內。一直進去。中間一座大門樓。就是他家。那吳銀兒道。我這裡就辭了娘們家去。月娘道。地下濕。姐家去了罷。頭裡已是見過禮了。我還着小廝送你到家。因叫過玳安。你送送銀姐家去。經濟道。娘我與玳安兩個去罷。月娘道也罷姐缺你與他兩個同送他送。那經濟得不的一聲。同玳安一路送去了。吳月娘眾人便回家來。潘金蓮路上說。大姐姐你原說咱每送他家去。怎的又不去了。月娘笑道。你也只是個小孩兒哄。你說着耍子兒你就信了。丽春院裡那處是那裡。你我送去。潘金蓮道。像人家漢子。在院裡嫖院來。家裡老婆沒曾往那裡尋去。尋出沒曾打成一鍋粥。月娘道。你來時兒。他爹到明日往院裡去尋他。尋試試倒沒的丟人家漢子當粉頭。拉了去看你。那兩個眼兒裡說着。看看走東街口上。將近喬大戶門首。只見喬大戶娘子。和他外甥媳婦段大姐。在門首站立。遠遠的見月娘這邊一簇男女過來。拉請月娘進去。月娘再三說道。多謝親家盛情。天晚了不進去罷。那喬大戶娘子。那裡肯放。說道好親家。你怎的上門兒惟人家。強把月娘眾人拉進去了。客位內掛着燈。擺設酒菓。有兩個女兒彈唱飲酒不題。却說西門慶在家門首。與伯爵眾人飲酒。酒已將闌。先是伯爵與希大二人整吃了一日。頂顙吃不下去。見西門慶在樓子上打盹。趕眼錯把菓碟兒。帶減碟都收拾了個淨光。倒在袖子裡都收拾了個淨光。和韓道國就走了。只落下賁四又不敢往屋裡去。直席着西門慶。打發了樂工酒來吃了。各都與了賞錢。打發出門。看

着收了家火滅息了燈燭。歸後邊去了。只見平安走來。賁四家
叫道。姐們還不起身。爹進去了。那春梅聽見和迎春玉簫等。慌
的行囘不顧。將拜了賁四嫂。辭的一溜烟跑了。只落下蘭香在
後邊了。別了鞋趕不上。駡道。你們都搶棺材奔命哩。把人的鞋
都別了。白穿不上到後邊打聽西門慶在李嬌兒房裡。都來磕
頭。大師父見西門慶進入李嬌兒房中。都躲到上房和小玉在
一處。玉簫進來道了萬福。那小玉還說玉簫娘那裡使了小廝
來要皮襖。你就不來晉兒教我來拿。我又不知那根鑰匙開橱
門。甫能開了又沒有。落後却在外邊大橱櫃裡尋出來。你放在
裡頭。又昏搶了你不知道。姐姐們都乞勾來了罷。一個也曾見
長出傀兒來。那玉簫倒吃相的臉飛紅。便道。怪小淫婦兒。如何

狗揭了臉似的。人家不請你。怎的和俺每使性兒。小玉道。我稱罕那淫婦請。大師父在傍勸道。說姐姐們義讓一句兒罷。你爹在屋裡聽着。只怕你娘們來家。頓下些茶兒伺候着。正說着。只見琴童抱進毡包來。玉簫便問娘來了。琴童道。娘們來了。又被喬親家娘在門首。讓進去吃酒哩。也將好起身。兩個纔不言語了。不一時月娘等從喬大戶娘子家出來。到家門首。賁四娘子走出來厮見。陳經濟和賁四。一面取出一架小烟火來。在門首又看放了一回烟火。方纔進來。衆人與李嬌兒大師父道了萬福。雪娥走來。向月娘根前磕了頭。與玉簫等三人見了禮。月娘因問他爹在那裡。李嬌兒道。劉纔在我那屋裡。我打發他睡了。月娘一聲兒沒言語。只見春梅迎春玉簫蘭香進來磕頭。李嬌兒便說今日前邊責四嫂請了四個出去坐了回兒就來了月娘聽了半日沒言語罵道恁成精狗肉們平白去做甚麼誰教他去來李嬌兒道問過他爹纔去來月娘道問他好有張主的貨你家初一十五開的廟門早了都竟出些小鬼來了大師父道我的奶奶恁四個上畫兒的姐姐還說是小鬼月娘道上畫兒只畫兒半邊兒平白放出做甚麼與人家喂眼兒孟玉樓見月娘說來的不好就先走了落後金蓮見玉樓起身和李瓶兒大姐也走了止落下大師父和月娘同在一處睡了那雪霰直下到四更方止正是香消燭冷樓臺夜挑菜燒燈掃雪天一宿晚景題過到次日西門慶往衙門中去了月娘約飯時前後與孟玉樓李瓶兒三個同送大師父家去因在大門裡首站立看

見一個鄉里卜龜兒卦兒的老婆子穿着水合袄藍布裙子勒黑包頭背着褡褳正從街上走來月娘使小廝叫進來在二門裡鋪下卦帖安下靈龜說道你卜卜俺們那老婆扒在地下磕了四個頭請問奶奶多大年紀月娘道你卜個屬龍兒命的女那老婆道若是大龍兒四十二歲小龍兒三十歲月娘道是三十歲了八月十五日子時生那老婆把靈龜一擲轉了一遭兒住了揭起頭一張卦帖兒上面畫着一個官人和一位娘子在上面坐其餘多是侍從人也有坐的也有立的守着一庫金銀財寶老婆道這位當家的奶奶是戊辰生戊辰巳巳大林木爲人一生有仁義性格寬洪心慈好善有經佈施廣行方便一生操持把家做活替人頂缸受氣還不道是喜怒有常主下人不

足。正是喜怒起來笑嘻嘻。惱將起來鬧哄哄。別人聽到日頭半天還未起。你人早在堂前禁轉。梅香洗銚鐺。雖是一時風火性。轉眼却無心。就和人說也有笑也有。只是這疾厄宮上着刑星。常沾些啾唧。吃了你這心好。濟過來了。往後有七十歲活哩。孟玉樓道。你看這位奶奶。命中有子沒有。婆子道。休怪婆子說。兒女宮上有些貴。往後只好招過出家的兒子送老罷了。不能隨你多少。也存不的。玉樓向李瓶兒笑道。就是你家吳應元見做道士家名哩。月娘指着玉樓。你也叫他卜卜。玉樓道。你卜個十四歲的女命。十一月二十七日寅時生。那婆子從新撇了卦帖。把靈龜一卜。轉到命宮上住了。揭起第二張卦帖來。上面畫着一個女人。配着三個男人。頭一個小帽商旅打扮。第二個穿紅官人。第三個是個秀才。也守着一庫金銀。有左右侍從人伏侍。婆子道這位奶奶。是甲子年生。甲子乙丑海中金。命犯三刑六害。夫主尅過方可。玉樓道。已尅過了。婆子道。你爲人温柔和氣。好個性兒。你惱那個人。也不知。喜歡那個人也不知。顯不出來。一生上人見喜下欽敬。爲夫主寵愛。只一件。你饒與人爲了美。多不得人心。命中一生替人頂缸受氣。小人駁襍。饒吃了還不道你是。你心地好了去了。雖有小人。也拱不動你。玉樓笑道。剗纔爲小厮討銀子。和爹亂了這回子。亂將出來。自我吃了却是頂缸受氣。月娘道。你看這位奶奶。往後有子沒有。婆子道。濟得好。見個女兒罷了。子上不敢許。若說壽。倒儘有。月娘道。你上上這位奶奶。李大姐你與他八字兒。李瓶兒笑道。我是屬羊的。

婆子道。若屬小羊的。今年廿七歲。辛未年生的。生幾月。李瓶兒道。正月十五日午時。那婆子卜轉龜兒到命宮上砣礎住了。揭起封帖來。上面畫着兩個娘子。三個官人。頭個官人穿紅。第二個官人穿綠。第三個穿青。懷着個孩兒。守着一庫金銀財寶。傍邊立着個青臉撩牙紅髮的。兒婆子道。這位奶奶。庚午辛未路傍土。一生榮華富貴。吃也有穿也有。所招的夫主都是貴人。爲人心地有仁義。金銀財帛不計較。人吃了轉了他的。他喜歡不好吃不轉他倒惱。只是吃了比肩不和的虧。凡事恩將仇報。正是比肩刑害亂擾擾。轉眼無情就放刁。寧逢虎摘三生路。休遇人前兩面刀。奶奶你休怪我說。你儘好疋紅羅。只可惜尺頭短了些。氣惱上要忍耐些。就是子上也難爲。李瓶兒道。今已是寄名。做了道士婆子道。既出了家無妨了。又一件。你老人家。今年計都星照命。主有血光之災。仔細七八月要見哭聲纔好。說畢。李瓶兒袖中掏出五分一塊銀子。月娘和玉樓。每人與錢五十文。劉打發卜龜卦婆子去了。只見潘金蓮和大姐從後邊出來。笑道。我說後邊不見。原來你們都往前頭來了。月娘道。俺們劉纔送大師父出來。卜了這回龜兒卦。你早來一步。也教他與你卜卜兒也罷了。金蓮搖頭兒道。我是不卜他。常言筭的着命。筭不着行。想着前日道士打看。說我短命哩。怎的那裏說的人心裏影影的。隨他明日街死街埋。路死路埋。倒在洋溝裡。就是棺林說畢。和月娘同歸後邊去了。正是萬事不由人計較。一生都是命安排。有詩為証

甘羅發早子牙遲　彭祖顏回壽不齊

范丹家貧石崇富　筭來各是只爭時

畢竟未知後來何如。且聽下回分解

第四十七回　苗青謀財害主

西門枉法受賍

第四十七回

王六兒說事圖財　西門慶受贓枉法

風擁狂瀾浪正顛　孤舟斜泊抱愁眠

離鳴叫切寒雲外　驛鼓清分旅夢邊

詩思有添池草綠　河船天約晚潮昇

憑虛細數誰知己　惟有故人月在天

此一首詩。單題塞北以車馬爲常。江南以舟楫爲便。南人乘舟。北人乘馬。盖可信也。話說江南楊州廣陵城內。有一苗員外。名喚苗天秀。家有萬貫資財。頗好詩禮。年四十歲。身邊無子。止有一女。尚未出嫁。其妻李氏。身染痼疾在牀。家事盡托與寵妾刁氏。名喚刁七兒。原是楊州大馬頭娼妓出身。天秀用銀三百兩。

娶來家納爲側室。寵嬖無比。忽一日有一老僧。在門首化緣。自稱是東京報恩寺僧。因爲堂中缺少一尊。鍍金銅羅漢。故雲遊在此。訪善紀錄。天秀問之不吝。即施銀五十兩與那僧人。僧人道。不消許多。一半足以完備此像。天秀道。吾師休嫌少。除完佛像。餘剩可作齋供。那僧人問訊致謝。臨行向天秀說道員外。左眼眶下有一道白氣。乃是死氣。主不出此年。當有大災殃。你有如此善緣與我。貧僧焉敢不須先說與你知。今後隨有甚事。切勿出境。戒之戒之。言畢作辭天秀而去。那消半月。天秀偶遊後園。見其家人苗青。平白是個浪子。正與刁氏在亭側相倚私語。不意天秀卒至。躲避不及。看見不由分說。將苗青痛打一頓。誓欲逐之。苗青恐懼。轉央親隣。再三勸留得免。終是切恨在心。不期有天秀表兄黃美。原是楊州人氏。乃舉人出身。在東京開封府做通判。亦是博學廣識之人也。一日差人寄了一封書來。楊州與天秀。要請天秀上東京。一則遊玩。二者爲謀其前程。苗天秀得書不勝歡喜。因向其妻妾說道。東京乃輦轂之地。景物繁華所萃。吾心久欲遊覽。無由得便。今不期表兄書來相招。實有以大慰平生之意。其妻李氏便說。前日僧人。相你面上有災厄。囑付不可出門。且此去京都甚遠。況你家私沉重。抛下幼女病妻在家。未審此去前程如何。不如勿往爲善。天秀不聽。反加怒叱說道。大丈夫生于天地之間。桑弧蓬矢。不能遨遊天下。觀國之光。徒老死牖下。無益矣。況吾胸中有物。囊有餘資。何愁功名之不到手。此去表兄必有美事干我。切勿多言。三人于是分付家人苗青。收拾行李衣裝。多打點兩廂金銀。載一船貨物。帶了兩個家童。并苗青來上東京、取功名。如拾芥得美職、猶唾手。遺囑妻妾守家値日。起行正値秋末冬初之時。從揚州馬頭上船行了數日到徐州洪。但見一派水光十分險惡

萬里長洪水似傾　東流海島若雷鳴
滔滔雪浪令人怕　客旅逢之誰不驚

前過地名陝灣。苗員外見看天晚。命舟人泊住船隻。也是天數將盡。合當有事。不料搭的船隻。却是賊船。兩個稍子皆是不善之徒。一個姓陳。名喚陳三。一個姓翁。乃是翁八。常言道。不着家人弄不得家鬼。這苗青深恨家主苗天秀日前被責之仇。一向要報無由。口中不言。心內暗道。不如我如此如此。這般這般。與

兩個艄子做一路。拿得將家主害了性命。推在水內。盡分其財物。我這一囘去。再把病婦謀死。這分家私。連刀氏都是我情愛的。正是花枝葉下猶藏刺。人心怎保不懷毒。這苗青由是與兩個艄子。密密商量說道。我家主皮廂中還有一千兩金銀。二千兩段疋衣服之類。極廣。汝二人若能謀之。願將此物均分。陳三翁八笑道。汝若不言。我等不瞞你說。亦有此意久矣。是夜天氣陰黑。苗天秀與安童在中艙睡。苗青在艙後。將近三鼓時分。那苗青故意連叫有賊。苗天秀從夢中驚醒。便探頭出艙外觀看。被陳三手持利刃。一下刺中脖下。推在洪波蕩裡。那安童正要走時。乞翁八一悶棍打落于水中。三人一面在船艙內。打開廂籠。取出一應財帛金銀。并其段貨衣服。點數均分。二艄便說我哥。若留此貨物。必然有犯。你是他手下家人。載此貨物。到於市店上發賣。沒人相疑。因此二艄盡把皮廂中一千兩金銀。并苗員外衣服之類分乞。依前撑船回去了。這苗青另搭了船隻。載至臨青馬頭上。鈔關上過了。裝到清河縣城外官店內卸下。見了揚州故舊商家。只說家主在後船便來也。這個苗青在店發賣貨物不題。常言人便如此如此。天理未然未然。可憐苗員外。平昔良善。一旦遭其從僕人之害。不得好死。雖則是不納忠言之勸。其亦大數難逃。不想安童被艄一棍打昏。雖落水中。幸得不死。浮沒蘆港。得岸上來。在於堤邊號泣連聲。看看天色微明之時。忽見上流有一隻漁船。撑將下來。船上坐着個老翁頭頂箬笠。身披短蓑。只聽得岸邊蘆荻深處有啼哭。移船過來看時。

却是一個十七八歲小厮。滿身是水。問其始末情由 却是揚州蔣員外家童。在洪上被劫之事。這漁翁帶下船。撑回家中。取衣服與他換了。給以飲食。因問他你要回去乎。却同我在此過活。安童哭道。主人遭難。不見下落。如何回得家去。願隨公公在此。漁翁道也罷。你且隨我在此等我慢慢替你訪此賊人是誰。再作理會。安童拜謝公公。遂在此翁家過其日月。一日也是合當有事。年除歲末。漁翁忽帶安童。正出河口賣魚。正撞見陳三翁八。在船上飲酒。穿着他主人衣服。上岸來買魚。安童認得。即寄與漁翁說道。主人之冤當雪矣。漁翁道。如何不具狀官司處告理。當下落安童將情具告到巡河周守備府內。守備見沒贓証。不接狀子。又告到提刑院。夏提刑。見是強盜劫殺人命等事。把狀批行了。從正月十四日。差緝捕公人押安童下來拿人。前至新河口。把陳三翁八獲住到於案。責問了口詞。二艄見安童在傍執証。也沒得動刑。一一招承了供。称下手之時。還有他家人苗青同謀殺其家主。分贓而去。這裡把三人監下。又差人訪拿苗青。拿到一起定罪。因節間放假。提刑官吏。一連兩日沒來衙門中問事。早有衙門首透信兒的人。悄悄報與苗青。苗青把這件事兒慌了。把店門鎖了。暗暗躲在經紀樂三家。這樂三就在獅子街石橋西首。韓道國家隔壁。門面一間。到底三層房兒居住。他渾家樂三嫂。與王六兒所交敬厚。常過王六兒這邊來做伴兒坐。王六兒無事。也常往他家行走。彼此打的熱鬧。這樂三一見苗青面帶憂容。問其所以。說道不打緊。間壁韓家就是提刑西門老爹的外室。又是他家夥計和俺家交往的甚好。凡事百依百隨。若要保得你無事。破多少東西。教俺家過去和他家說說。這苗青聽了。連忙就下跪說道但得除割了我身上沒事。恩有重報。不報有忘。于是寫了說帖。封下五百兩銀子。兩套杭花段子衣服。樂三教他老婆拿過去。如此這般。對王六兒說。喜歡的要不的。把衣服和銀子并說帖都收下。單等西門慶不見來到。十七日。日西時分。只見玳安夾着氊包。騎着頭口。從街心裡來。王六兒在門首。叫下來問道。你往那裡去來。玳安道。我跟了爹走了個遠差。往東平府送禮去來。王六兒道。你爹如今在那裡。來了不曾。玳安道。爹和賁四先往家去了。王六兒便叫進去和他如此這般說話。拿帖兒與他瞧。玳安道。韓大嬸。管他這事。

休要把事輕看了。如今衙門裏監着。那兩個船家供着。只要他
哩。拿過幾兩銀子來。也不勾打發脚下人的哩。我不管別的帳
韓大嬸和他說。只與我二十兩銀子罷。等我請將俺爹來。隨你
老人家與俺爹說就是了。王六兒笑道。怪油嘴兒要飯吃。休要
惡了火頭。事成了。你的事甚麼打緊。寧可我們不要。也少不得
了你的。玳安道韓大嬸不是這等說。常言君子不羞當面。先斷
過後商量。王六兒當下。以備幾樣菜。留玳安吃酒。玳安道吃的
紅頭紅臉。咱家爹問却怎的回爹。王六兒道。怕怎的。你就說在
我這裏來。于是玳安。只吃了一甌子就走了。王六兒道。你到好
歹累你說我這裏等着哩。玳安一直上了頭口來家。交進毡包
後邊立等的。西門慶房中睡了一覺出來。在廂房中坐的這玳

安慢慢走到根前，無得說。小的回來，韓大嬸吽住小的，要請爹快些過去，有句要緊話和爹說。西門慶說：甚麼話？我知道了。說是正值劉學官來借銀子，打發劉學官去了。西門慶騎馬帶着眼紗小帽，便吽玳安琴童兩個跟隨，來到王六兒家，下馬進去，到明間客位坐下。王六兒出來拜見了。那日韓道國因來前邊鋪子裡該上宿，沒來家。老婆買了許多東西，吽老馮廚下整治等候。西門慶一面丫鬟錦兒拿茶上來，婦人遞了茶。西門慶分付琴童把馬送到對門房子裡去，把大門關上。婦人且不敢就題此事，先只說：爹家中連日攤酒辛苦，我聞得說哥家中定了親事，你老人家喜呀。西門慶道：只因舍親吳大嫂那裡說起，和喬家做了這門親事。他家也只這一個女孩兒，論起來也還不敢陪。胡亂親上做親罷了。王六兒道。就是和他做親也好。只是爹如今居着恁大官。會在一處不好意思的。西門慶道。說甚麼哩。說了一回。老婆道。只怕爹寒冷。往房裡坐去罷。一面讓至房中。一面安着一張椅兒。籠着火盆。西門慶坐下。婦人慢慢先把苗青揭帖。拿與西門慶看。說他央了間壁經紀樂三娘子過來。對我說。這苗青是他店裡客人。如此這般。被兩個船家攙扯。只望除豁了他這名字。免提他。他備了些禮兒在此謝我。好歹望老爹怎的將就他罷。西門慶看了帖子。因問他拿了那禮物謝你。王六兒向廂中。取出五十兩銀子來。與西門慶瞧。說道。明日事成。還許兩套衣裳。西門慶看了笑道。這些東西兒。平白你要他做甚麼。你不知道。這苗青乃揚州苗員外家人。因爲在船上

與兩個船家商議。殺害家主。擄在河裡。圖財謀命。如今見打撈
不着屍首。又當官兩個船家。招尋他原跟來的。一個小廝安童。
又當官三口執証着。要他這一個過去。穩定是個凌遲罪名。那
兩個都是真犯斬罪。兩個船家。見供他有二千兩銀貨在身上。
拿這些銀子來做甚麼。還不快送與他去。這王六兒一面到廚
下。使了丫頭錦兒。把樂三娘子兒叫了來。將原禮交付與他。如
此這般對他說了去。那苗青不聽便罷。聽他說了。猶如一桶水。
頂門上直灌到脚底下。正是驚駭六葉連肝胆。諕壞三魂七魄
心。即請樂三一處商議道。寧可把二千貨銀。都使了。只要救得
性命家去。樂三道。如今老爹上邊。既發此言。一些半些。恒屬打
不動兩位官府。須得奏一千貨物與他。其餘節級。原解緝捕。再

得一半繞得勾用。苗青道。况我貨物未賣。那討銀子來。因使過樂三嫂來。和王六兒說。老爹就要貨物。發一千兩銀子貨與老爹。如不要伏望老爹再寬限兩三日。等我倒下價錢。將貨物賣了。親往老爹宅裡進禮去王六兒拿禮帖復到房裡。西門慶瞧西門慶道。既是恁般。我吩咐原解。且寬限他幾日拿他教他即便進禮來。當下。樂三娘子。得此口詞。回報苗青。苗青滿心歡喜。西門慶見間壁有人。也不敢久坐。吃了幾鍾酒。與老婆坐了一回房見馬來接。就起身家去了。次日到衙門早發放。也不題問這件事。分付緝捕。你休捉這苗青。就托經紀樂三。連夜替他會了人攬掇貨物出去。那消三日。都發盡了。共賣了一千七百兩銀子。把原與王六兒的不動。另的五十兩銀子。又另送他。四套上色衣服。且說十九日。苗青打點一千兩銀子。裝在四個酒罎內。又宰一口猪。約掌燈已後時分。擡送到西門慶門首。手下人都是知道的。玳安平安書童琴童。四個禁子。與了十兩銀子纔罷。玳安在王六兒這邊梯已又要十兩銀子。須臾西門慶出來。捲棚內坐的。也不掌燈。月色朦朧纔上來。擡至當面。苗青穿青衣望西門慶只顧磕着頭。說道小人。蒙老爹超拔之恩。粉身碎骨死生難報。西門慶道。你這件事情。我也還沒好審問哩。那兩個船家甚是攀你。你若出官也有老大一個罪名。既是人說我饒了你一死。此禮我若不受你的。你也不放心。我還把一半送你掌刑夏老爹。同做分上。你不可久住。即便星夜回去因問你在揚州那裡。苗青磕頭道。小的在揚州城內住。西門慶分付。後邊拿了茶來。那苗青在松樹下立着吃了。磕頭告辭回去。又叫回來問下邊原解的。你都與他說了不曾說。苗青道。小的外邊人說停當了。西門慶分付既是說了。你即回家。那苗青。出門走到樂三家。收拾行李。還剩一百五十兩銀子。苗青拿出五十兩來。與樂餘下幾疋段子。都謝了樂三夫婦。五更替他顧長行牲口。起身往揚州去了。正是忙忙如喪家之狗。急急似漏網之魚。不說苗青迯出性命不題。单表西門慶。夏提刑從衙門中散了出來並馬而行。走到大街口上。夏提刑要作辭分路。西門慶在馬上舉着馬鞭兒說道。長官。不棄降到舍下一敘。把夏提刑邀到家來。門首同下了馬。進到廳上敘禮。請入捲棚內。寬了衣服。左右拿茶上來吃了。書童玳安走上。安放桌席擺設。夏提刑道。不當閙來打

攪長官。西門慶道。豈有此理。須臾兩個小廝用方盒拿了小菜就
在傍邊擺下。各樣鷄蹄鵝鴨。鮮魚下飯。就是十六碗吃了飯。收
了家火去。就是吃酒的各樣菜蔬出來。小金把鍾兒。銀臺盤兒。
金鑲象牙筯兒。飲酒中間。西門慶慢慢題起苗青的事來。這廝
昨日央及了個士夫。再三來對學生說。又饋送了些些禮在此。學
生不敢自專。今日請長官來。與長官計議。于於把禮帖遞與夏
提刑。夏提刑看了。便道。恁憑長官尊意裁處。西門慶道。依着學
生。明日只把那個賊人。真贓送過去罷。也不消要這苗青。那個
原告小廝安童。便收領在外。待有了苗天秀屍首。歸結未遲。禮
還送到長官處。夏提刑道。長官這些些意就不是了。長官見得極
是。此是長官費心一塲。何得見讓於我。然使不得。彼此推辭了

半日。西門慶不得已。還把禮物兩家平分了。裝了五百兩在食盒內。夏提刑下席來也作揖謝說道。旣是長官見愛。我學生再辭。顯的迂濶了。盛情感激不盡。實爲多愧。又領了幾盃酒。方纔告辭起身。這裡西門慶隨卽就差玳安。拿了盒。還當酒。擡送到夏提刑家。夏提刑親在門上收了。拿回帖又賞了玳安二兩銀子。兩名排軍四錢。俱不在話下。常言道。火到猪頭爛。錢到公事办。且說西門慶。夏提刑。已是會定了。次日。到衙門裡陞廳。那提孔節級并緝捕觀察都被樂三替苗青上下打點停當了擺設下刑具監中提出陳三翁八審問情由只是供称跟伊家人苗青同謀西門慶大怒喝令左右與我用起刑來你兩個賊人專一積年在江河中假以舟楫裝載爲名實是刼帮鑿漏邀截客

旅圖財致命見有這個小廝供稱是你等持刀戳死苗天秀波
中又將棍打傷他落水見有他主人衣服存証你如何抵頼
別人因把琪安提上來問道是誰刺死你主人推在水中來安
童道某日夜至三更時分先是苗青叫有賊小的主人出船艙
觀看被陳三一刀戳死推在水去小的便被翁八一棍打落水
中纔得逃出性命苗青並不知下落西門慶道據這小廝所言
就是實話汝等如何展轉得過於是每人兩夾棍三十根頭打
的脛骨皆碎殺猪也似叫動他一千兩贓貨已追出大半餘者
花費無存這裡提刑連日做了文書歇過贓貨申詳東平府府
尹胡師文又與西門慶相交照依原行文書疊成案卷將陳三
翁八問成強盗殺人斬罪只把安童保領在外聽候有日走到

東京投到開封府黃判通衙內具訴苗青情奪了主人家事使錢提刑除了他名字出來主人冤仇何時得報黃通判聽了連夜修書并他訴狀封在一處與他盤費就着他往巡按山東察院裡投下這一來管教苗青之禍從頭上起西門慶往時做過事今朝沒與一齊來有詩爲証

善惡從來畢有因　吉凶禍福並肩行
平生不作虧心事　夜半敲門不乞驚

畢竟未知後來何如且聽下回分解